Lucian im Spiegel

Die Deutsche Nationalbibliothek – CIP-Einheitsaufnahme.
Die Deutsche Nationalbibliothek verzeichnet dieses Buch
in der Deutschen Nationalbibliografie;
detaillierte bibliografische Daten sind im Internet über
http://dnb.d-nb.de abrufbar.

Erste Auflage Mai 2018
© Größenwahn Verlag Frankfurt am Main
www.groessenwahn-verlag.de
Alle Rechte vorbehalten.
ISBN: 978-3-95771-218-9
eISBN: 978-3-95771-219-6

Peter Nathschläger

Lucian im Spiegel

Roman

IMPRESSUM

Lucian im Spiegel

Autor
Peter Nathschläger

Seitengestaltung
Größenwahn Verlag Frankfurt am Main

Schriften
Constantia

Covergestaltung
Marti O'Sigma

Coverbild
Marti O'Sigma

Lektorat
Thomas Pregel

Druck und Bindung
Print Group Sp. z. o. o. Szczecin (Stettin)

Größenwahn Verlag Frankfurt am Main
Mai 2018

ISBN: 978-3-95771-218-9
eISBN: 978-3-95771-219-6

Das Buch möchte ich
Ramazan Agca
widmen,
der einsam und traurig gestorben ist
und einfach vergessen wurde.

Und meinem Mann
Richard,
der unsterblich ist
und allein schon deshalb niemals vergessen werden kann.

P.N.

Das geheime Leben der Bäume

Er träumte davon, durch einen Birkenwald zu gehen, und das ist seltsam. Auf Kuba, wo er seine Kindheit verbracht hatte, gibt es keine Birken. Und hier, in Österreich, sind wir nie in einem solchen Wald gewesen. Im Traum ging er durch einen weiten Wald voller Birken, auf einem weichen Boden aus Laub und Moos, und er strich mit seinen Händen über jeden Stamm. Er rieb über die faserige Maserung, um das Leben in den Stämmen zu spüren, das geheime Leben der Bäume. Er wusste vom geheimen Leben der Bäume.

Wie also konnte er träumen, durch Birkenwälder zu gehen?

An guten Tagen war Lucian einfach nur unser Sohn. Er stand morgens auf, duschte, zog Jeans und T-Shirt an, frühstückte mit uns und ging zur Universität. Dann kam er nach Hause, aß mit uns gemeinsam zu Abend und erzählte von seinem Tag. So charmant konnte er sein. Sie wissen das sicher. Sehr einnehmend. Lucian war ein sehr einfühlsamer junger Mann. Wenn einer davon träumt, durch Birkenwälder zu gehen, um das geheime Leben der Bäume zu erfühlen!

Einmal, vielleicht als er mir zum ersten Mal von seinem Traum berichtete, von dem mit den Birkenwäldern, sagte ich zu ihm, er würde reden wie Reinaldo Arenas. Er fragte mich, Wer ist das? Und ich antwortete, Das war ein berühmter kubanischer Schriftsteller. Ein Revolutionär, ein Schwuler, ein Schriftsteller, der Anfang der Neunziger im Exil in den Vereinigten Staaten an Aids starb.

Ein paar Tage später hatte Lucian ein paar von Arenas' Büchern gekauft, Originalausgaben auf Spanisch. Wussten Sie, dass er fließend Französisch und Englisch sprach? Deutsch und Spanisch sowieso. Er war so talentiert.

Der andere Traum, von dem er seiner Mutter und mir erzählte, war noch symbolischer, wie ich finde. Er weihte mich in diesen Traum an einem dieser guten Tage ein, vielleicht einen Monat, bevor er ...

In diesem anderen Traum wachte er in einem sehr großen Zimmer in einem alten Haus mit hohen Decken auf. Es hatte drei Doppelfenster, die auf einen begrünten Innenhof hinausgingen. Dort war er allein und nur in diesem Zimmer. Er schlief, könnte man wohl so sagen, hier ein, und wachte dort als ein anderer Junge auf, der auch Lucian hieß. In diesem Zimmer, das vielleicht in Italien war, sagte er nebenher, Du, die reden dort Italienisch. Draußen, im Hof. Ihre Stimmen flattern von draußen rein wie Vogelgesang. Aber das war es nicht, worum es in dem Traum ging. Es war der Sperling. Immer, wenn er in diesem Zimmer erwachte, das voller Staub und alter Möbel war, schien die Sonne und das mittlere Fenster stand offen. Das Rauschen der alten, hohen Bäume war zu hören, und die Sonne schien. Und auf der Fensterbank saß ein Sperling. Lucian im Traum stand auf und nahm jedes Mal eine Schale mit Vogelfutter vom Tisch in der Mitte des Zimmers und stellte sie auf die Fensterbank. Der Sperling pickte darin herum und flog nach einer Weile wieder davon. Und es sah immer so aus, als ob er glänzte. So hell, als würde er in seinem eigenen Licht fliegen. Dass er immer nur in diesem Zimmer war, wenn er diesen Traum träumte, erschreckte Lucian nicht. Er empfand seine Anwesenheit dort als selbstverständlich und beruhigend.

An manchen, an viel zu wenigen Tagen war Lucian also nur unser Sohn. Doch an viel zu vielen anderen, den bösen Tagen, kleidete er sich anders. Er wurde dunkler und mutwilliger und herausfordernd. Wie eine Figur in einer Geisterbahn, die sich aus dem Licht ins Dunkle dreht. Es muss ein paar Wochen vor seinem Tod gewesen sein, als er in mein Arbeitszimmer stürmte, ohne anzuklopfen, und mir die Bücher von Arenas vor die Füße warf und mich anschrie, ob es mir gefallen würde, ihm durch die Bücher eines Fremden zu sagen, dass ich ihn für einen Arschficker hielt. Ja, schrie er, und er war wütend und verletzt, ja, Papa, ich bin schwul. Ich lasse mich von Männern in den Arsch ficken. Und weißt du was noch? Ich nehme Geld dafür, weil ich mag, wenn sie mich nachher dafür bezahlen! Ich ohrfeigte ihn über den Tisch hinweg, weil ich sah, dass er mich reizen, weil er meinen Zorn als Beweis seiner Überlegenheit wollte, und er richtete sich auf, streckte den Rücken durch und ging zu seiner Mutter ins Zimmer und weinte dort vor Wut mit ihr. Zu Hause war er oft wütend, verstehen Sie? Als ob er nichts von Liebe wüsste. Aber seine Freunde erzählten mir später, dass er alles von Glück und Liebe und Tanzen wusste, und alle, die um ihn waren, mit seiner Liebe und Freude ansteckte. Wenn er von den Birken träumte oder vom Sperling, dann konnte nur Liebe der Boden sein, auf dem die Träume wuchsen.

Wenn Sie über Lucian schreiben, vergessen Sie das nie. Ich weiß nicht, wofür er mich – uns – bestrafen wollte, warum er oft so zornig war und Einsamkeit ausstrahlte wie die Hitze eines Fiebers. Und warum die Schwärze an guten Tagen von ihm abplatzte wie eine dünne Patina und er für kurze Zeit der Sohn war, den wir uns immer gewünscht hatten.

Als feststand, dass Lucian von Kuba zu uns nach Wien kommen würde, ließ ich meine Beziehungen spielen und nahm die Nachbarwohnung dazu, um sie als erweitertes Büro zu nutzen. Das gab ich zumindest an. In Wirklichkeit hatte ich vor, ein großes Zimmer für Lucian zu reservieren und einen weiteren Raum für ihn als Arbeitszimmer einzurichten zu lassen. Bis zu seinem elften Lebensjahr lebte Lucian bei seinen Großeltern mütterlicherseits in Tarará und besuchte dort die Schule. Das Ministerium stimmte einem Wechsel zu, wenn er diese Schule abgeschlossen hätte und gute Noten vorweisen könnte. Die hatte er, und er schloss die sechsjährige Primaria mit sehr großem Erfolg ab. Nach Wien zu kommen, war für ihn ein gewaltiges Abenteuer, und er flog allein von Havanna nach Madrid und von dort hierher. Vom Flughafen holten wir ihn mit einem kleinen Konvoi ab, und auf dem Auto, in dem wir ihn zu unserer Wohnung brachten, flatterten links und rechts die Wimpel Kubas. Ich weiß noch, wie aufgeregt er war und wie glücklich, dass wir ihm zutrauten, eine so weite Reise allein zu meistern. Er kam im Juni und konnte schon recht gut Englisch, aber er hatte einen harten, schroffen Akzent. Von Juni bis September lernten meine Frau und ich abwechselnd mit ihm deutsch. Er lernte sehr schnell – er sog Sprache auf wie ein Schwamm. Währenddessen waren die Handwerker in der Wohnung und legten in seinem Zimmer den Fußboden, malten die Wände aus und montierten die Möbel. Danach machten sie sich über das andere Zimmer her, und Lucian saß wie auf glühenden Kohlen, weil er endlich in sein eigenes Zimmer einziehen wollte. Für die Tage des Umbaus schlief er auf einem aufblasbaren Bett in einem großen Abstellraum, wo wir ein wenig Platz freigeräumt hatten. Schon zu dieser Zeit fiel uns auf, dass er, wie für die meisten kubanischen Jungs wohl üblich, über große Sinnlichkeit verfügte und sehr stolz auf seinen Körper war. Er trainierte. Jeden Tag begann er mit einer kalten Wäsche und einem kleinen Training: Liegestütze, Klappmesser, Kniebeugen, Dehnungsübungen. Vielleicht ist es zu stark vereinfacht, Lucians Tod damit zu begründen, dass er schon als kleiner Junge auf sehr charmante Art eitel war. Das Charmante daran sah vielleicht nur ich als sein Vater. Und meine Frau, weil sie seine Mutter war – und eine Frau ist.

Lucian lernte deswegen so schnell deutsch, weil er Angst davor hatte, ausgelacht zu werden. Als er dreizehn Jahre alt wurde und auch hier an der Schule gute Noten erbrachte, ließ meine Aufmerksamkeit ihm gegenüber nach. Dazu kam, dass wir in der Botschaft wegen der politischen Veränderungen auf Kuba wirklich viel zu tun hatten. Kurz, ich verlor ihn ein wenig aus den Augen. Und so entging mir wohl, dass sein Interesse an Männern mehr war als eine pubertäre Verwirrung. Dass seine Kleidung und seine Haare nach Rauch stanken und dass er immer öfter spät nach Hause kam und meine Frau versuchte, mich darauf hinzuweisen, dass sie mit den Methoden und Mitteln einer Mutter bei ihm nichts mehr zu bewirken vermochte und dass vielleicht väterliche Strenge von Nöten sei, um ihn zurück auf die richtige Bahn zu bringen. Ich aber sah das, was Lucian durchmachte, als Begleiterscheinungen für all die Änderungen, die vom Stimmbruch getragen wurden. Die Noten waren gut, er sprach Spanisch, Englisch und Deutsch und lernte in einer Gruppe für besonders sprachbegabte Schüler Griechisch, was uns halbwegs beruhigte und stolz machte, weil wir ja auch wollten, dass er später im diplomatischen Korps arbeitete. Griechisch zu können, war zwar nicht mehr zwingend nötig, um in einem Diplomatenberuf Fuß zu fassen, aber es war eine gern gesehene Qualität, durch die sich Traditionsbewusstsein und Strebsamkeit der Person einschätzen ließen.

Inzwischen lebte er in seinem Zimmer und hatte die Einrichtung zuerst unauffällig, später aber radikal an seine Bedürfnisse angepasst. Er stellte das Bett so, dass man es nicht mehr einsehen konnte, wenn man den Raum betrat. Sein Kleidungsgeschmack verdunkelte sich und wurde teurer, und ich gestehe ein, hier zu nachgiebig gewesen zu sein. Ich erfüllte ihm mehr oder weniger jeden Wunsch nach finanzieller Unterstützung, um ihn zufriedenzustellen und bei Laune zu halten. Viel zu spät wurde mir bewusst, dass sich sein Lebenswandel und die Markenkleidung nicht allein durch das Taschengeld finanzieren und erklären ließen, das wir ihm gaben. Er hatte ein Konto, auf das ich ab und zu einen Blick warf, und es war immer gut im Plus, ein Schülerkonto, das sowieso nie ins Minus rutschen konnte. Dass es viel zu oft sehr hoch im Plus war, wurde mir nie bewusst. Jetzt, im Nachhinein – natürlich. Wenn er zu Hause war, und das kam doch durchaus oft vor, ging er in das Arbeitszimmer, das wir ihm hergerichtet hatten, und lernte, er lernte intensiv. Wenn ich jetzt darüber nachdenke, scheint es mir so gewesen zu sein, dass er sich versteckte, zurückzog. Dass ihm das laute und wilde Leben zwar taugte, dass er aber auch zu schätzen wusste, hier in Sicherheit zu sein und seine Ruhe zu haben. Zu lernen war für ihn vielleicht so, als ob er in einen Raum ging und die Tür hinter sich schloss. Dann war der Raum dunkel bis auf das Knicklicht der Lampe am Schreibtisch. Er hörte leise Gitarrenmusik, wenn er lernte. Paco de Lucia. Pat Metheny, John Williams. Untypisch für einen Jungen in seinem Alter. Ganz untypisch für einen, der nächtelang herumzog und Beute machte. So nannte er das mal, als wir ihn am Küchentisch fragten, wo er sich schon wieder herumgetrieben hätte. Er sagte, Herumstreifen und Beute machen. Einen Teil des Geldes, das er so verdiente, gab er aus für all die Sachen, die ihm gefielen. Und den anderen Teil zahlte er auf sein Konto ein. Als Lucians Leichnam geborgen wurde, hatte er zweihundertfünfundsechzig Euro bar, zwei Gramm Kokain, vier Extasy-Tabletten – und auf seinem Studentenkonto bei der Sparkasse elftausendzweihundertfünfzig Euro. Das Geld selbst war ihm nicht wichtig, glaube ich, es hatte keinen Reiz auf ihn. Er gab es einerseits gerne aus, und dann sparte er es, um sich eine gewisse Unabhängigkeit zu sichern. Das war vielleicht die Triebfeder hinter allem, was er tat, was er anstrebte und versuchte. Er wollte unabhängig sein. Finanziell, sozial und emotionell. Dass ihn die Leute dann darauf reduzierten, dass er sich prostituierte, erfasste sein Wesen nicht, ganz und gar nicht.

Schreiben Sie das bitte. Lucian war mehr als nur ein Strichjunge. Er konnte lieben und tanzen. Er hatte die Kultur der Sprachen, die er beherrschte. Und er träumte von Sperlingen und dem geheimen Leben der Bäume! Einer, der nichts von Sprache und Liebe weiß, kennt solche Träume nicht!

Am toten Grund

Der letzte Tag im Leben von Lucian Trujilo-Ortiz begann mit einer großen, schweigsamen Hitze, die sich silbern in der Stadt ausbreitete. Sie schloss Fenster, zog Vorhänge zu und begrub das Leben unter sich. Das Leben war langsam und schwieg.

Ein windstiller, grau bewölkter Sonntag, der Tag nach dem Lärm der Regenbogenparade in Wien. Nach dem Feiern und Konfettistreuen, dem Trinken und Tanzen hatten viele die Nacht in den ausgewiesenen CSD-Lokalen beendet oder in der Regebogencity auf dem Naschmarkt zwischen Kettenbrückengasse und Pilgramgasse, hatten sich angeregt unterhalten und den Tag Revue passieren lassen. Unrasierte Männerwangen schabten aneinander, Blicke verhakten sich, Atem fand Atem. Andere fanden trunken vom Gefühl der Freiheit und Einigkeit in dunklen Ecken zu elektrisch summender Leidenschaft, ein großes Seufzen im trüben Licht des Mondes, das Gefühl auskostend, im Stehen, Mann an Mann, lieben zu können, und, für den Moment, uneingeschränkt geliebt zu werden und willkommen zu sein. Es waren zwei kraftlose Gegenveranstaltungen politischer Gruppen angetreten, die sich religiöse und volkshygienische Motive auf die Fahnen geheftet hatten, um dem schwulen Treiben die Standhaftigkeit des aufrichtigen, ehrlichen und braven Bürgers entgegenzusetzen, aber sie waren verlacht und von der Musik aus den Lautsprechern unzähliger Lastwagen vertrieben worden. Gaben ihre Standhaftigkeit auf, nicht ohne ihre Transparente und Tafeln mit Wut und Krach auf den Boden zu werfen. Einige Leute hatten es in ihrer Trunkenheit nicht mehr geschafft, ins nächste Lokal, nach Hause oder ins Hotel zu finden. Oder in die Arme eines Liebhabers zu sinken. Einige waren mit Taxis und den Öffentlichen auf den Kahlenberg gefahren, um von dort einen Blick auf die morgendunstige, windverwirbelte Stadt zu erhaschen, während sie Sektperlen ausrülpsten und verträumte, müde Küsse austauschten. Einige verzauberte Jungs waren mit der U-Bahn nach Kagran aufgebrochen, dort in den Bus gestiegen, bis zur Steinspornbrücke gefahren, über die Brücke gegangen und hatten die Nacht, die östlich langsam ins windige Zwielicht glitt, im Freien beendet. Die in weiten Stufen zum Wasser der Entlastungsrinne abfallende, wild wuchernde Wiese war mit großzügigen, Dunkelheit spendenden Büschen, Sträuchern und Wäldchen bewachsen. Tagsüber war das Areal rund um den Toten Grund ein beliebter Treffpunkt, um Männer zu suchen oder um von ihnen gefunden zu werden. Lucian war mit dieser Gruppe von trinkfesten jungen Schwulen zur Donauinsel gefahren, nachdem die letzte Basserschütterung der Parade in die schwülheiße Stadt gesunken war. Dort, im Freien, hatten sie ein paar Dosen gerade erträglich kühlen Biers getrunken, die Reste des Kokains aus den Plastikkügelchen gepusselt und sie vor dem abflauenden Wind schützend gezogen, und dann, bei den unbeholfenen und im Gekicher verendenden Versuchen, sich Liebe zu schenken, waren sie nackt im hohen Gras eingeschlafen.

Und da lagen sie, sieben junge Männer im Alter von sechzehn bis zweiundzwanzig Jahren, blass im grau-rosa Licht des dunstigen Sonnenaufgangs, ihre Kleider ordentlich gestapelt, die Zigarettenstummel zu einem Haufen gesammelt, das kleine Lagerfeuer gelöscht und die Feuerstelle mit Erde zugedeckt. Ihr Atem ging tief und ruhig, und über ihnen hing der säuerliche Geruch einer langen Nacht, in der viel geraucht, getrunken und getanzt worden war.

Lucian war der Schwarzhaarige, der mit dem schmutzigblonden Daniel Sperling im niedergetretenen Gras kuschelte. Mit trockenem Gel in den Haaren, das sie zu matten Stacheln geformt hatte, und Piercings in den Augenbrauen, der Zunge, den Ohren, der Nase. In den Brustwarzen. Sein ruhiger Atem strich, nach einem langen Tag voller Feierlichkeiten riechend, in einem samtweichen Schnarchen über die mädchenhafte Schulter Daniels, der ihm in der folgenden Nacht, kurz vor dem Zwielicht des Morgens, ein langes Messer in den Bauch und in die Brust rammen würde. Wieder und wieder und wieder.

Als ich fünfzehn Jahre später Gregory Patrman traf, der zu jener Zeit zu Lucians Freunden zählte, berichtete er mir in einem Kaffeehaus in der Innenstadt bei einer Tasse Tee, dass er Lucian geliebt hatte, obwohl er so schwer zu fassen war wie ein Aal, der sich jedem Versuch widersetzte, ihn zu fangen.

Gregory war halb Ire und halb Norweger. In seinem zehnten Lebensjahr strandeten er und seine Mutter nach der Scheidung von ihrem norwegischen Mann, der als Arbeiter auf einer Ölplattform sehr gut verdiente, mehr oder weniger unverschuldet und quasi mittellos in Wien. Gregory fand schon mit zwölf Jahren zu seiner Berufung als blonder, blauäugiger Edelstricher mit seinem entrückend schönen Gesicht, langen Haaren und einer sexuellen Schlüpfrigkeit, der sich kein Mann entziehen konnte, der mit Leidenschaft vor stimmbrüchigen Engeln auf die Knie sinkt. In jenem Sommer war er achtzehn Jahre alt und gehörte in der Stricherszene Wiens zu jener Art Inventar, das zwar noch genutzt, aber nicht mehr umworben wurde. Die Mundpropaganda war verstummt, und er hantelte sich mühsam von einem Kunden zum Nächsten, obwohl er durchaus mehr zu bieten hatte als die meisten anderen, körperlich und auch, was seine sexuelle Hemmungslosigkeit betraf. Sein Lächeln und sein Humor waren bitter geworden, als er eines Tages am Beginn dieses Sommers feststellte, dass man mit achtzehn Jahren für viele Kunden nicht nur zu alt sein konnte, sondern auch als Person vollkommen uninteressant. Die Karawane zieht weiter durch die Wüste, umschrieb das einmal ein junger Kunde von Gregory, der Sozialwissenschaften studierte und auf venezianische Lustknaben stand.

Mit einer Stimme, die raschelnd geworden war von Zigaretten und durchgemachten Nächten, sagte er, Lucian war ein ordentlicher Typ, und das war er, ohne sich zu zwingen oder einer aufgezwungenen Routine zu folgen. Auf seine Sachen aufzupassen, lag schlicht und einfach in seiner Natur. In dieser allerfrühesten Stunde, im Zwielicht des neuen Tages, war er der Einzige gewesen, der seine Kleidungsstücke auf die schlafenden Äste eines kleinen Apfelbaums gehängt hatte, um sie auszulüften. Als alle schliefen, erzählte Gregory und errötete ein wenig, stand ich auf und roch an seiner Unterwäsche. An seinen Schnürstiefeln und an seinem T-Shirt. Es roch nach Rauch, Schweiß und dem Parfum, das er zu jener Zeit benutzte. Was war das? Ich weiß es nicht mehr sicher, ein frisches Parfum jedenfalls, das zu seinem Aussehen passte. Südamerikanisch, würzig, irgendwie zitronig. Ich sage dir, Lucian hatte von uns allen vielleicht das beste Gespür, wie man Farben, Kleidungsstücke und Gerüche kombinieren musste, um einen maximalen Effekt zu erzielen. Wie ein brauner Indio mit chinesischem Einschlag sah er aus, war aber von europäischer Größe, nämlich über eins achtzig, und er war dazu geschaffen, dass man sich in ihn verliebte. Und noch etwas: An ihm sah alles teuer und stylish aus. Es war die Art, wie er seine Kleidung trug. Daniel machte das verrückt, denn er trug Sachen der gleichen Hersteller, was weiß ich, Boss, Armani, Versace, Diesel, Nike, Puma, Adidas, aber an ihm sah alles billig aus, und das ahnte er auch irgendwie. Damals war mir das nicht so bewusst, aber nach der Tragödie hatte ich Zeit, darüber nachzudenken, wie lange schon das Gift in Daniels Brust wirkte und woraus es beschaffen war. Daniel sah Lucian oft von der Seite an. Vielleicht war es eine Mischung aus Begehren und Eifersucht, die ihn schließlich um den Verstand brachte und in der er sich schon ein oder zwei Jahre vor dem Verbrechen verloren hatte. Daniel fühlte sich neben Lucian blass und bedeutungslos, zu gering, ihn zu lieben. Doch gegen die Liebe kann man sich nicht wehren, oder. Oder?

Wir wachten nicht auf, wir glitten aus dem Schlaf ins Wachsein, so wie Taucher vom Meeresgrund nach oben zurückkehren. Der Kater schärfte an uns seine Krallen, aber es war nicht so schlimm, sich elend zu fühlen. Als ich erwachte, saß Lucian mit angezogenen Beinen nackt im dürren Gras, blickte traumverloren Richtung Kahlenberg und drehte seine mit getrocknetem Gel verpickten Haare zu stumpfen Spitzen. Daniel saß jammernd neben ihm und pusselte an seinen Zehennägeln herum, sah Lucian an und fragte, Woran denkst Du, Alter? Mit einem fast zaghaften Kopfschütteln grinste Lucian und antwortete, Ich versuchte mir gerade vorzustellen, wie es klingt, wenn man jemand eine Zigarette auf dem Augapfel ausdämpft.

Und, fragte Daniel, schüttelte den Kopf und verdrehte die Augen.

Zafiss, machte Lucian und kicherte wie ein böses Kind. Marcel, der gerade an den beiden vorbeiging, um die Böschung runter zum Ufer zu kommen, hielt inne und sagte heiser, Alter, du hast einen epischen Knall!

Daniel und Lucian sahen sich mit weit aufgerissenen Augen hysterisch loslachend an, und Daniel brüllte, Du hast voll den epischen Knall, alter Indio!

Lucian stand auf, weil er Seitenstechen bekam und prustete, Mein Knall ist voll endlos, so schaut's aus, meine sehr verehrten Damen und Herren!

Später am Vormittag kam der mobile Eisverkäufer vorbei, und wir kauften Cola, Eiskaffee und ein paar labbrige Sandwiches. Woran ich mich noch immer so erinnere, als ob es gestern gewesen wäre, und dabei ist es nun so viele Jahre her, war die schwermütige Stille über allem. Die üblichen Gäste des stacheligen Biotops namens Toter Grund blieben aus, weil sie von den Partys, die an die Parade anschlossen, zu gerädert waren, um bei dieser Hitze irgendwohin zu gehen. Dazu war es auch noch schwül und windstill. Die Stechmücken plagten uns, aber wir waren viel zu trunken von unserer eigenen Jugend und high von den Flirts des Vortages, um Gelsen zu erschlagen. Nichts störte uns. Von Zeit zu Zeit schlenderten wir über die ausgetrocknete Wiese hinunter zu den Steintreppen, über die man in das spiegelglatte Wasser der Entlastungsrinne kam, schwammen ungefähr bis zur Mitte, spuckten uns mit Wasser an, lachten laut und kraulten zurück. Es waren fast keine Leute da, auch nicht auf der anderen Seite der neuen Donau. Unsere Anwesenheit erinnerte mich fern an jene utopischen Filme aus den Siebzigern, in denen es immer um irgendwelche perfekten Gesellschaften geht, die in einem Paradies der Langweile und Spannungslosigkeit leben und in diesem vollkommenen Mangel von Leben und Reibung den verordneten frühen Tod als Erlösung wahrnehmen. THX 1138 vielleicht. Oder die hilflosen jungen Menschen in dem Spielfilm Die Zeitmaschine. So nahm ich uns damals wahr: schöne junge Leute in einer eingeebneten, faden Landschaft ohne Aufgabe, Ziel und Wünsche, und doch erfüllt von einem Hunger nach dem Unmöglichen.

Natürlich erholten wir uns rasch. Gegen Mittag waren wir wieder so fit, Bier zu bestellen, und weil der mobile Getränkeverkäufer nach seiner ersten Runde nicht mehr auftauchte, schickten wir die zwei jüngsten, Marcin und Patrick.

Ich unterbrach Gregory und fragte, Marcin und Patrick waren auch mit auf der Insel? Das haben sie mir nie erzählt.

Das haben sie nie irgendjemand erzählt, weil sie aus der ganzen blutigen Geschichte herausgehalten werden wollten. Offiziell hatten sie Lucian am Tag der Parade zum letzten Mal lebend gesehen, als er auf Che Guevara machte und im Salsaschritt einem der Trucks folgte, auf dem die Gäste vom Red Carpet Klub feierten.

Irgendjemand hatte unzählige Fotos von Lucian geschossen, der mit schwarzer Militärhose, schwarzem Tanktop, schwarzer Baskenmütze mit rotem Stern und Schnürstiefel auf Revolutionär machte, und diese später im

XTRA veröffentlicht und auf einigen Webseiten der Wiener Schwulenszene. Lucian hatte eine Cohiba-Zigarre im Mund, die nicht brannte, an der er aber von Zeit zu Zeit ziemlich obszön lutschte. Um Che ähnlichzusehen, hatte er einen Backenbart aufgeklebt, doch er war zu jung und zu sehr Indio, um die geringste Ähnlichkeit mit Che Guevaras Affengesicht zu haben. Womit Lucian, ohne dass dies vielleicht seine Absicht gewesen war, bewies, dass die Travestie oft anmutiger ist als das Original. Darüber hinaus bewegte er sich absolut konterrevolutionär sexy und anmutig wie ein Raubtier. Das konnte er besser als jeder andere Stricher in der Stadt in jenen Tagen. Sein Gehen war selbstverliebtes Tänzeln, und wenn er tanzte, konnte er sich selbst vergessen und von der Musik führen lassen. Manche sagten, er ließe sich von der Musik ficken, aber wir wissen es besser, oder? Lucian war ein Musiker, der nur ein Instrument spielte, und zwar seinen Körper. Wenn Lucian tanzte, blieben die Leute stehen und bekamen innerhalb weniger Sekunden den waidwunden Blick von Liebenden, denen sich die Liebe entzog. Er verwandelte alle, die ihm zusahen, zu Tantalus, und wir waren uns einig, dass Lucian seine Anziehungskraft nicht nur richtig einzuschätzen wusste, sondern auch genoss.

Die Jungs kamen von der Himmel & Wasser Lounge zurück und schleppten Plastiktüten mit Bierdosen, die so kalt waren, dass an ihnen das Wasser herablief. Wir setzten uns in einem Kreis zusammen, um nach außen zu zeigen, dass wir zusammengehörten und niemand in unsere Runde aufnehmen würden, rissen die Dosen auf und tranken, mit dem heißen Tag auf unseren Schultern. Die Wolken hingen wie aus Blei über der Stadt. Es sah nicht nach Regen aus, und wenn wir nicht gerade über die Deppen lachten, die auf der Parade mit uns geflirtet hatten, stöhnten wir, und das taten wir wie die Kubaner, sagte Lucian. Hat das hier 'ne Hitze, sagten wir und wischten uns theatralisch mit dem Ellbogen über die Stirn und fächerten uns mit gespreizten Fingern Luft ins Gesicht. Wir taten nur so. Du weißt das. Wir waren keine Tunten, aber wir hatten unseren Spaß, manchmal so zu tun als ob. Im Westen, über dem Kahlenberg, sahen die Wolken noch dunkler und massiver aus, und ab und zu nahmen wir das ferne, hölzerne Poltern wahr, das man mehr spürt als hört. Doch die Luft geriet nicht in Bewegung.

Am späteren Nachmittag kamen ein paar tätowierte und gepiercte Männer, die noch ziemlich gerädert aussahen und uns mit diesen von der Seite aufblitzenden Blicken ansahen, und wir zogen unsere kleine Show ab. Nicht zu viel und nicht zu wild, und ich weiß noch, dass ich mir wünschte, Lucian würde nicht Daniel zwischen die Schulterblätter küssen, sondern mich. Wir liefen wieder durch das Distelsilber des grauen Nachmittags zum Wasser, sprangen rein, schwammen bis zur Mitte und wieder zurück, tranken das Bier, solange es kalt war, rülpsten, und ich drehte im Schneidersitz ein paar Joints auf Vorrat. Was man hat, das hat man, sagte meine Mutter immer, und wie vollkommen richtig sie damit lag! Irgendwann nach der zweiten Tüte und dem dritten Bier standen Daniel und Lucian im hüfthohen Gesträuch und züngelten aneinander herum. Ihre bekiffte, bis zur Obszönität entspannte Leidenschaft trieb die älteren Typen, die inzwischen auch da waren, in die Büsche, wo sie hinter Sträuchern hockten und wichsten. Lucians Schwanz hing halbsteif nach rechts, das weiß ich, als ob's gestern gewesen wäre, und er hatte diesen Gesichtsausdruck – wie eine satte, widerlich überhebliche Katze, verstehst du?

In Daniels Blick sah ich eine merkwürdige Kälte, die wie Frost seine Netzhaut überzog. Er spielte mit Lucians Brustwarzen, aber genauso gut hätte er ihn mit diesem Blick auch ermorden können.

Doch die Hitze und das Marihuana und das Bier taten ihre Wirkung, und bevor es wirklich schweißtreibend wurde, sanken sie anmutig unter der Last des Tages zu Boden, breiteten sich im gelben, niedergetretenen Gras aus und schliefen ein. Marcin, den seine Freunde nur Kurwa riefen, das polnische Wort für Hure, zerdrückte seine leere Dose, ging nochmals durchs mottendünne Licht zum Wasser und sprang in den grauen Spiegel. Kraulte hundert Meter raus, strampelte Wasser und kam zurück. Er war ein hübscher muskulöser Pole, hatte immer irgendetwas auf dem Kopf. Diese komischen Hauben, die zu lange waren und am Hinterkopf runter hingen, oder Häkelhäubchen oder Baseballkappen, deren Schirm er angeblich kokett nach hinten drehte, wenn er sich daran machte, einen

Schwanz zu lutschen. Marcin war ein stiller junger Kerl, der handfesten Sex mochte und das Geld, welches er als Stricher verdiente, in den Lederclubs der Stadt ausgab. Pendelte zwischen der Bar, wo er sein Bier parkte, und dem Darkroom, wo er sich von Mann zu Mann tastete, bis er die richtige Behaarung, Rüstung und Härte gefunden hatte. Ich glaube, er war Tischler. Gerade erst mit der Lehre fertig. Arbeitete in einem Möbelhaus oder einem Bauhaus. Ist heute selbstständig, restauriert antike Möbel, und so dick, dass er nach fünf Metern zu Fuß keine Luft mehr kriegt. Hat er mir auf Facebook erzählt.

Als Marcin zurück war, legten wir uns alle noch für eine Weile ins Gras, während im Westen das Donnern zudringlicher wurde und an die Windstille des Tages klopfte. Wir fanden wieder zusammen, ein Haufen von Jungs, nackt, verkatert, leicht trunken und ein wenig bekifft, die wie Katzen schliefen. Wie Katzen? Ja. Wir suchten Berührung im Schlaf. Und sei es nur, in dem der eine seine Hand auf die Hüfte eines anderen legte, einen Nacken bedeckte oder einen Schenkel als Kopfpolster nutzte. Kurz bevor ich einschlief, musste ich lächeln, denn ich sah durch meine halbgeschlossenen Lider, dass Lucian mit dem Kopf auf Daniels Hüfte eingeschlafen war und seinen Schwanz anatmete – und dass Männer vorbeigingen, ganz bemüht unauffällig, und uns fotografierten. Eines dieser Fotos zierte drei Monate später, also im Oktober 2002, den Umschlag einer regionalen Schwulenzeitschrift. Im Heft wurde Lucian mit keinem Wort erwähnt. Da hatte ich schon mit der Schwulenszene abgeschlossen. Lucians Tod war schlimm genug, und auch das, was sich während der Ermittlungen abzeichnete. Aber dieser elende Mechanismus der Schwulenszene, seine Toten auszuscheiden wie Scheiße, vor allem, wenn es keine Szenengrößen sind, die aus dem Leben ins Dunkel gehen, sondern ein Stricher oder ein Herr Irgendjemand. Sie ist zu beschäftigt, sich selbst zu feiern, als dass sie innehalten und für einen Moment, ich sage, nur für einen Moment, in Gedanken die schwarze Fahne hissen könnte, um in ihrem Schatten zu gedenken. Und weißt du, warum ich das sage? Weil drei der Redakteure der Schwulenzeitschrift sich in ihrer Gier, in ihrem Hunger nach Lucians Küssen, nach seinem Schwanz und Arsch geradezu lächerlich gemacht hatten, Gockel allesamt, mit giernassen Lippen, triefenden Blicken und der hündischen Verzweiflung, mit all ihrer Verwirrung, dass sie keinen Weg, keinen Zugang fanden, ihn zu erobern. Sie hatten in den Szenemagazinen kein Wort gefunden für Lucian. Nichts, nada.

Dann kamen wir langsam wieder zu uns, weil der Wind heftig über das harte, trockene Gras strich und der Donner schon sehr nahe war. Der Älteste von uns war Hamid. Kannst du dich an ihn erinnern? Hamid, der Halbtürke. Hieß mit Nachnamen Köster, glaube ich, oder Köstner. Sah aus wie ein Jungschauspieler, Scheiße, er war Jungschauspieler. Studierte am Reinhardseminar, war in der Abschlussklasse und hatte schon Rollen im Volkstheater. Ich glaube, er ging aus sehr ähnlichen Gründen anschaffen wie Lucian. Weißt du noch? Er hatte ein graues und ein grünes Auge, diese wundervollen langen und schnurgeraden, pechschwarzen Augenbrauen und die schmutzigblonde Mähne. Ein seltsamer Bursche war das, aber man sagte, er würde stets vollendet den Arsch geben. Er gab sich total her. Ohne Vorbehalte. Er wollte nach allen Regeln der Kunst niedergefickt und dafür gut bezahlt werden. Er war als erster von uns wach, weil er weniger Bier getrunken und auch beim Kiffen Zurückhaltung gezeigt hatte. Er klaubte die Klamotten auf, die der Wind von den Haufen geweht hatte, sammelte Lucians T-Shirt und Socken und die Unterhose von den Distelbüschen. Hamid war pragmatisch. Er half, weil er wusste, dass man geben musste, um nehmen zu können. Wir alle wussten das, und das war auch der Grund, warum ihn Lucian schon mal gratis gefickt hatte wie einen räudigen schwulen Hund. Ja, Hamid stand drauf, beschimpft und geschlagen zu werden. Lucian schien das damals richtig gemacht zu haben, denn auch Hamid war ein wenig in den jungen Kubaner verliebt. Zu mir hatte Lucian gesagt, Du, Hamid hilft, wenn man ihn braucht, und er gibt, wenn er etwas hat. Er hat einen festen Arsch, und ich muss jetzt spritzen, sonst dreh' ich durch. Also geh' ich jetzt da rein und fick den Halbtürken an die Wand wie einen Fetzen. Lucian war schon sehr frech.

Vielleicht war er mehr Kubaner in seinem Herzen, als es sich sein Vater später eingestehen wollte, als er, vom schändlichen Tod seines Sohnes zutiefst verbittert, dem

Jungen absprach, ein kubanisches Herz zu haben. Er hatte sehr wohl das Herz eines Kubaners. Das sah man nicht nur in seinem Tanz, in seinem Lächeln und in der Vollkommenheit, mit der er beim Sex gab und nahm. Nein, vielmehr noch sah man es daran, wie er Sex nutzte, um sich zu sozialisieren. Und wie er andere daran maß, wie sozialisiert sie waren. Geben, nehmen, tauschen, füreinander da sein. Das machte einen Großteil seiner Lässigkeit aus. Seiner unverbrüchlichen Zuversicht. Lucian wusste, es war sein Credo: Wer von sich aus gibt, sollte nie fragen müssen, um etwas zu bekommen.

Ich glaube, wir sahen aus wie Leute, die gerade aus einer dreistündigen Zwölftonoper kamen und nicht wussten, was sie denken sollten. Der Himmel war in Bewegung wie Schwarz und Grau in einem Wasserglas. Und der wie aus dem Nichts auflebende Wind war trocken und fordernd und warm. Vielleicht, weil ich Lucian gegenüber tief empfand, und ich weiß bis heute nicht, ob es Liebe war oder ob er mich einfach nur tief berührte und in mir etwas zum Schwingen brachte, sah ich zu ihm, während ich auf einem Bein balancierte, um in die Jeans zu schlüpfen. Wie er da saß, nackt im grauen Tag, so schlank und muskulös, das Kinn auf den Knien und mit den Fingernägeln an seinen Zehen herumpusselte wie zuvor Daniel, sah er für mich lebendiger aus als der Rest der Welt. So versunken in sich und in das, was ihn gerade beschäftigte, und weiß Gott, woran er dachte, vielleicht an nichts. Und deshalb musste ich es wissen und fragte ihn, Woran denkst du, Lucian?

Er stand auf, streckte sich wie eine Katze, grinste mich an und antwortete, er hätte an die Regenbogenparade gestern gedacht. Und dass er versuchte, sich zu erinnern, wann er zuletzt so glücklich gewesen war wie gestern, als er in der Parade am Ring hinter diesem Truck tanzte, den Mythos von Che Guevara verarschte und in seiner Salsainterpretation Sex versprühte wie ein Sternspritzer. Sternspritzer, sagte er. Sternspritzer. Er schenkte mir sein Kindergrinsen, bei dem er die Schultern hochhob und sagte, Kann mich nicht erinnern. Vielleicht vor meiner Geburt?

Es donnerte, und der Himmel erschrak im fahlen Licht geisterhafter Blitze. Daniel schlug vor, zum Mäcki zu fahren, um etwas gegen unsere göttliche Schönheit zu tun, bedeutete, Hamburger Royal TS, Pommes, Big Mac und Chicken McNuggets in rauen Mengen.

Weißt du, was mich erstaunte? Wir hatten alle Geld mit, und zwar nicht zu knapp. Zusammen vielleicht rund achthundert Euro in Scheinen und Münzen. Wir hatten unseren Rausch auf der Insel ausgeschlafen und nach unserer Kifferei noch eine Nachmittagsrunde gepennt, und nichts fehlte. Ich meine, schwule Männer um uns rum und die vielen Jungs aus Rumänien, Bulgarien oder der Slowakei, die sich während der heißen Tage auf der Insel eingerichtet hatten, die stehlen doch alle wie die Raben. Kein Unterhosenfetischist hatte unsere Slips geklaut, wir hatten

Markenschuhe, Nike, Adidas, Puma, Bugatti, kein Schuh fehlte. Teure T-Shirts, Himmel, ich meine, wir waren ziemlich gut in dem, was wir taten, und keiner von uns, vielleicht bis auf Daniel und mich, brauchte das Strichgeld zum Leben oder für harte Drogen. Wir waren nicht bestohlen worden. Das ist vielleicht nur ein Detail am Rande, weißt du? Aber es ist ein Detail, an das ich mich erinnere. Während wir den Feldweg Richtung Steinspornbrücke gingen und der Wind laut in den ausgetrockneten Bäumen und Büschen rauschte und an ihnen zerrte, kletzelten wir uns gegenseitig Kletten aus den Haaren und vom Gewand, wischten Grashalme von den T-Shirts und den Jeans. Wir trugen alle Jeans außer Lucian, der ja diese schwarze Armeehose anhatte und die Schnürstiefel, für die es wirklich viel zu heiß war, und Patrick, der gegen jede Vernunft zum CSD die volle enge Ledergarnitur angezogen hatte. Bei der Parade dachte ich, der kippt jetzt bald um. Besoffen, auf Speed und bei knapp dreißig Grad im vollen Leder. Aber er hielt durch, Lucian schrie immer wieder in seinem spanischen Falsett, Schlag mich, Meister, peitsch mich wie einen Fetzen, bitte, und Patrick gab's ihm mit der Reitgerte, bis Lucian zischte, dass es langte, Das tut doch *weh*!

Der Wind blies uns kräftig von der Seite an, als wir über die Brücke gingen und die Ölhafenstraße überquerten, um bei der Station unter den Bäumen auf den Bus zu warten. Ja, dachte ich, Lucian war gestern glücklich. Vielleicht bin ich irre aus Liebe oder wegen dieses komischen Gefühls, das er in mir auslöste, aber gestern, also auf der

Parade, da war mir manchmal so, als ob sie alle nur eine riesige Komparserie waren für Lucians kecken Tanz, Dekoration für seine Selbstvergessenheit.

Dann ergatterten wir im fast vollen Bus die letzten Sitzplätze ganz hinten und flegelten uns hin, sodass niemand bei uns sitzen konnte, legten die Füße hoch und strahlten, so hofften wir vielleicht, jugendliche Anzüglichkeit und Geringschätzung aus. Es gab nicht viel zu reden, also schwiegen wir. Bei der Station Kagran stiegen wir aus, nahmen die U1 und fuhren bis zum Stephansplatz, um dort zum McDonalds zu gehen und dann zu Fuß über die Kärtnerstraße zur Oper und weiter, zum Spiegel, um den Abend zu beginnen. Als wir in der Innenstadt die Treppen hochgingen, war der Wind zu einem Sturm geworden und wehte Dosen, Hüte und Schirme vor sich her. Ich weiß es noch, ich weiß es noch. Lucian und Daniel tanzten eingehängt über den Stephansplatz und lachten wie irre. Hamid hielt mir seinen Arm hin, und ich hängte mich bei ihm ein, und wir tanzten auch, nur das Herumgekirre sparten wir uns. Die Leute waren viel zu sehr damit beschäftigt, dem Wind zu trotzen, um sich an unserem flegelhaften Benehmen zu stören.

Dann saßen wir im McDonalds, nahmen drei Tische in Beschlag, die vollgeräumt waren mit Colabechern, Tabletts voller Burger, Fritten und Chicken McNuggets. Essen konnte man nicht nennen, was wir da veranstalteten, wir fraßen, wir mampften. Lucian saß mir gegenüber, Hamid rechts von mir und hatte seine Hand auf meinem Schoß.

Ich sah zu Lucian, er sah zu mir und nickte und lächelte und biss von seinem Burger ab. Diese langen Wimpern, wie von einem hübschen Mädchen. Also mampften wir, und ich ging in Gedanken einen Tag zurück, als wir uns gestern Nachmittag bei Patricks Mutter getroffen hatten, um uns auf die Parade einzustimmen. Es war Lucians Idee gewesen, dass wir uns dort trafen, denn er wollte Patricks Mutter bitten, ihm mit dem Bart zu helfen, außerdem liebte er die alte Domina aus ganzem Herzen. Wusstest du das? Patricks Mutter war jahrelang Madame Ilsebill. Eine gar schreckliche Domina, deren Spezialität jene Leidenschaften waren, die mehr mit Begierden und fast nichts mehr mit Sex zu tun haben. Sie hatte eine Kellerwohnung in Baumgarten, in einer Gasse hinter der Kirche am Gruschaplatz. Wir waren schon oft bei ihr gewesen, weil wir es so witzig fanden, wenn sie uns Ratschläge erteilen wollte, wie man Freier am besten zu gehorsamen Schoßhündchen machte. Die Wohnung war groß, und für eine Kellerwohnung war sie ungewöhnlich hell. Das Beste aber war, dass man durch eine große Verandatür hinaus in einen kleinen Garten kam, der nur ihr gehörte. Er lag tiefer als der Rest des begrünten Hofes und war von Steinmauern eingefasst. Eine Pergola überwucherte den kleinen Garten, da waren Kletterpflanzen und hohe Bäume, kurz, im Sommer war es dort kühl und schattig, und wenn sie die großen Schirme aufstellte, konnte man auch bei starkem Regen draußen sitzen, Bier trinken und bei Kerzenlicht die Lage der Welt oder die Kartografie der Seele besprechen. Wir gingen gerne zu ihr. Sie kochte höllisch starken Kaffee, und sie wusste, was zu tun war, wenn einem von uns der Schwanz beim Pissen brannte oder wenn einen die große Heulerei überkam. Und lass dir keinen Bären aufbinden, Alter. Jeder Stricher hat von Zeit zu Zeit seine große Arie, und dann heult er wie ein Wolf. Wir wussten das voneinander und machten uns nicht darüber lustig. Wir wussten von jedem von uns, dass er sein Wolfsgeheul an der mächtigen Brust von Patricks Mutter angestimmt hatte und von ihr getröstet worden war.

Wir kamen um 11:00 Uhr zu ihr. Fast gleichzeitig. Patrick war schon da, klar. Dann kamen ich und Hamid, Lucian kam gegen ein Uhr, und zuletzt erschienen Daniel und Marcel, fast um halb zwei. Wir murrten ein wenig, weil sie so spät daher kamen und weil wir doch ausgemacht hatten, uns um 11:00 Uhr zu sehen. Daniel grinste unsere Einwände einfach weg, Madame Ilsebill sagte,

Bei Madame Ilsebill

Ach, lasst mal, passt schon. Was willst du trinken, Lieb-chen?

Von uns allen liebte Frau Ilsebill den Daniel am meis-ten. Nach ihrem Sohn natürlich. Daniel und Patrick kann-ten einander seit ihrer Kindheit, hatten im selben Park gespielt, waren in die gleiche Volksschule gegangen und hatten ungefähr zur gleichen Zeit damit begonnen, als Stricher Taschengeld zu verdienen. Daniel ging bei der Familie Rabenhof seit Jahr und Tag ein und aus. Die Fami-lie bestand aus Mutter und Sohn. Der Vater war schon vor ewigen Zeiten zurückgegangen nach Rumänien, wo er angeblich als Gründer eines Pyramidenspiels zu einigem Vermögen gekommen war. Ilsebill war zu alt und zu dick geworden, um noch als Domina zu arbeiten, und zapfte einige ehemalige Freier an, um ihre Sozialhilfe aufzufetten. Es ist immer gut, einige Freier zu haben, die über den Spielraum hinaus die Angst und Unterwürfigkeit mitneh-men und die es seelisch befriedigt, erpresst zu werden, war eines ihrer Credos.

Daniel hatte seine Lehre zum IT-Techniker im zweiten Lehrjahr geschmissen und lebte bei seinen trinkfreudigen und verbitterten Eltern in einer kleinen Zweizimmerwohnung in einem Altbau mit Blick auf einen grauen, vernachlässigten Hof. Daniel war neben Gregory der einzige der Jungs dieser Clique, der anschaffen ging, um die alltäglichen Dinge des Lebens kaufen zu können. Eigentlich war er der einzige, denn Gregory kam zwar ab und zu mit, gehörte aber nicht zum inneren Kreis.

Daniels Mutter war gebürtige Italienerin, stammte aus Jesolo, wo sie Daniels Vater Anfang der Achtziger als klugen, gutaussehenden und liebevollen Mann kennenlernte. Als Daniel dann da war und sie nach Wien gezogen waren, interessierte sie sich für fast nichts mehr außer für Fernsehserien und Aperol Spritz, sein Vater kauerte dumpf und trunken den ganzen Tag am Stammtisch des Brandweiners im Erdgeschoss des Mietshausesund verausgabte sich in zornbebenden Diskussionen, wo er rechtsrechte Positionen vertrat und gegen Zigeuner und Juden und Schwule hetzte, wohl wissend, dass das Bier, das er dabei trank, mit Daniels Geld gekauft wurde, das er vom Strich heimbrachte. Vielleicht war genau das der Grund, warum er so wutentbrannt und zynisch gegen Schwule, Linksliberale und Ausländer hetzte: Weil er Bier so sehr liebte, dass es ihm fast egal war, ob sein Sohn dafür Männerschwänze in den Mund nahm, lutschte und ihren Samen schluckte oder in die Toilettenschüssel spuckte. Auch Daniel hätte nicht wirklich anschaffen gehen müssen, aber wäre er nicht gegangen, hätte er sich nie all das leisten können, was man sich leisten können *muss*, wenn man männlich und jung und eitel ist. Von uns war Daniel der Getriebenste. Seine

Sehnsucht nach teuren Urlauben, edlen Uhren, modischer Markenkleidung war unstillbar. Lucian hatte schon früh bemerkt, dass Daniel, so wie er selbst, nicht mit jedem zahlungsfähigen Mann mitging. Mehr zum Spaß hatte er Patrick gegenüber einmal angedeutet, dass Daniel wohl einen Mann suchte, der ihm ein Vater sein könnte. Einer, der ihn auf Urlaube mitnahm, ihm teure Sachen kaufte, ihn liebte und von hinten nahm. Du, der sucht einen Sugardaddy, ha!

Madame Ilsebill erzählte mir, als wir uns in ihrer Wohnung trafen, dass sie jenen Samstag noch sehr gut in Erinnerung hatte, weil alle so viel gelacht hätten. Natürlich war ihr die merkwürdige Spannung zwischen Daniel und Lucian nicht entgangen, emotionell fühlte sie sich aber eher näher bei Daniel. Über Lucian dachte sie, dass er ein netter Junge war und dass nur seine intuitive Freundlichkeit ihn davor bewahrte, als arroganter Hurensohn zu gelten. Er sah zu gut aus, er war sich seiner Wirkung nur zu bewusst, er kam aus einer alten karibischen Diplomatenfamilie und seine Herkunft war verklärt, romantisch und exotisch.

Wieso, fragte sie mich, willst du das alles wissen, warum wärmst du diese traurige Geschichte auf? Bist du nur deshalb nach Wien zurückgekommen?

Wir saßen an diesem späten Septembernachmittag unter den Bäumen ihres kleinen Gartens. Die hohen alten Kastanien rauschten im Wind, und jenseits der Pergola hörte man die Hinterhoftauben gurren. Wir tranken Eistee und saßen am großen Tisch einander gegenüber.

Daniel ist vor ein paar Tagen aus dem Gefängnis entlassen worden, sagte ich. Es gab eine kleine Notiz in der örtlichen Tageszeitung. Ich will die Geschichte von Lucians Tod erzählen. Madame Ilsebill neigte den Kopf zur Seite und sah mich durch ihre alten Eulenaugen an. Die Einsamkeit hatte an ihr gearbeitet und ihre natürliche Dominanz gebrochen. Warum, fragte sie.

Weil es niemand interessierte, als er starb, weil es niemand interessierte, als sein Leichnam nach Kuba geflogen wurde, um ihn dort in Santiago de Cuba zu beerdigen, von wo die Familie seines Vaters stammte. Weil die schwule Szene nach einem theatralischen *Oh mein Gott* sofort wieder zur Tagesordnung überging. Ich muss erzählen, wie Lucian starb, weil sich in seinem Tod vielleicht auch ein klein wenig davon widerspiegelt, wie er lebte.

Hast du ihn geliebt, fragte sie mit einem fast nicht wahrzunehmenden Lächeln. Was blieb mir anderes, als zu nicken? Als Lucian ermordet wurde, war ich dreißig Jahre alt. Ein für Schwule hassenswertes Alter, weil man sich noch jung genug fühlt, um an den erfüllenden Sex zu glauben, dass man um seiner selbst willen geliebt und begehrt wird und doch nie mehr findet, als anonymes Kleidergeraschel in Darkrooms, Poppersgeruch und Männerstöhnen in den Schatten. Ja, ich war voll und ganz von Lucian infiziert. Ich malte mir romantische Szenen aus. Spaziergänge am Strand. Lange Küsse, zärtliche Blicke, gemeinsam Lachen, sah mich seinen Schoß kneten, seinen Brustwarzen lecken, spürte in Träumen, wie er unter meinen Zärtlichkeiten lustvoll erschauderte. Doch für Lucian war ich als Freier zu jung und als Liebhaber zu alt. Seine Trennline war sehr breit, und er schloss kategorisch eine große Altersspanne aus. Wenn Lucian Sex um des Fickens willen wollte, aktiv oder passiv, hart, obszön oder verträumt und nach Vanille duftend, dann waren die Jungs in seinem Beuteschema zwischen sechzehn und höchstens fünfundzwanzig Jahre alt, aber auch nur, wenn sie jünger aussahen. Wenn er Sex um des Geldes Willen mochte, waren seine Partner zwischen fünfundvierzig und sechzig Jahre alt. Aber auch nur, wenn sie ein gepflegtes Äußeres vorzuweisen hatten, sich bei der Geschäftsanbahnung nicht wie Volltrottel und Proleten aufführten, und denen anzusehen war, dass sie auf ihren Körper achteten. Madame Ilsebill lachte, als ich ihr das erzählte, und nickte, Ja, Lucian konnte es sich leisten, sich seine Freier auszusuchen, weil er das Geld nicht nötig hatte. Das machte ihn arrogant und das machte ihn für viele Freier zu einem absoluten No-Go. Ehrlich, sagte sie, kannst du dir eine schlimmere Demütigung für einen erwachsenen Schwulen vorstellen, als von einem Strichjungen abgewiesen zu werden? Und man konnte sich das nicht einmal schönreden. Konnte nicht sagen, Na ja, ein junger Kokser, unzuverlässig, diebisch und was weiß ich. Lucian war so schön, dass die Luft brannte, wenn er einen Raum betrat. Und schlussendlich war seine Schönheit auch sein Tod. Weißt du was? Wenn ich mir bewusst mache, dass Menschen wie Lucian sterben können, dann ist der Tod wirklich die größte Frechheit, die ich kenne!

Eine Weile schwiegen wir nachdenklich, dann stand Madame Ilsebill auf, holte zwei Dosen Bier aus dem Kühlschrank der modernen, großen Küche, knackte sie und schob mir eine über den Tisch zu. Ich blickte durch die offene Verandatür in die Wohnung, die peinlich sauber und aufgeräumt war. Obwohl die Wohnung im Keller lag, wirkte sie hell und freundlich, was zum einen mit der Auswahl der Möbel und Stoffe zu tun hatte und andererseits mit der fast vier Meter breiten Verandatür aus Glas, die sie vor unzähligen Jahren ohne Bewilligung des Hausherren hatte einbauen lassen, um sich ein Stück des Hofs zu eigen zu machen. Sie war seit jeher eine ruhige Mieterin, also ließ man sie in Ruhe. Die Verandatür war auch schließlich der Grund, warum sie noch immer hier war. Hätte sie ausziehen wollen, wäre es ihre Pflicht gewesen, den Urzustand wiederherzustellen, und das wollte sie sich beim besten Willen nicht leisten.

Die Jungs waren so aufgedreht, fuhr sie leise fort. Sie sprach langsam, leise und deutlich. Ich mochte ihre Stimme und die Art, wie sie akzentuierte. Mit einem kurzen Blick auf den Gartenstuhl rechts von ihr fuhr sie fort, Patrick mochte Lucian, weil er ein Garant für gute Laune war. Er schaute sich bei ihm ab, wie man tanzte, und Lucian zeigte ihm gerne, wie man auf kubanisch Salsa tanzte, diese dem Rhythmus gegenläufigen Hüft- und Armbewegungen. Das taten sie auch an diesem Samstag. Sie tranken

Cola-Rum, rauchten Zigaretten und tanzten mit nackten Oberkörpern im Wohnzimmer zu karibischer Musik. Die anderen Jungs saßen hier draußen im Schatten der Bäume, tranken auch, rauchten und redeten über die Regenbogenparade und was das eigentlich für eine schwule Idee sei, da mitzugehen. Wir sind nicht schwul, gurrte Marcin ein ums andere Mal und lachte wie verrückt, während er an seinen Brustwarzen zupfte. Oh, wie wir lachten! Lucian kam raus und erzählte, wie er mal einen Freier verwirrt hatte, der nach dem Sex noch mit ihm reden wollte. Er hat gut geblasen, sagte Lucian und grinste. Der Freier fragte ihn: Du bist schwul, ja? Lucian verneinte, und der Freier bohrte weiter, Dann bist du also bi? Wieder schüttelte Lucian den Kopf, und der Mann fragte, Bist du hetero? Und Lucian schüttelte wieder den Kopf, mit seinem wunderbar breiten Grinsen im Gesicht. Was bist du dann, hakte der Mann nach, und Lucian antwortete, Ich bin Kubaner.

Daniel, der gerade einen Joint am Tisch drehte, sah hoch und sagte trocken, Und ich bin arbeitslos. Ich dachte damals, also in jenen zwei oder drei Jahren, in denen die Jungs oft zu mir kamen, um sich hier zu entspannen, meine Wohnung war wohl so etwas wie ein ... wie sagt man, eine Art Exil für sie, ich dachte oft, dass Daniel und Lucian eigentlich die besten Freunde sein müssten, denn beide gingen im Grunde genommen wegen ihrer Väter anschaffen. Lucian suchte einen Mann, der ihn schätzte, ehrte und im Bett nahm, einmal so und einmal so, aber er hatte das Geld nicht nötig, Lucians Vater erkaufte sich seine Freiheit mit teuren Geschenken und einem stets gut gefüllten Studentenkonto. Daniel hatte das Geld nötig, nicht unbedingt bitter nötig, aber er brauchte es, um mithalten zu können. Du weißt ja, wie er auf diese technischen Spielereien stand. Neueste G-Shock-Uhren, die teuersten Ohrhörer-Stecker, seine Kleidung, Schuhe, all das. Und weißt du was? Sie gefielen sich ja auch. Sie fanden sich attraktiv, und ich hab' sie ja auch irgendwann einmal, lange vor der Parade, vielleicht war es im Mai, ja, im Mai, im Bad beim Rummachen erwischt. Du kannst mir glauben, ich bin abgebrüht und habe schon alles erlebt und gesehen, aber zwei so hübsche Jungs beim Zungenkuss zu sehen, das ließ auch mich nicht ganz kalt, und ich scheuchte sie aus dem Bad, weil ich pissen musste wie eine Stute. Sie lachte hell und fröhlich. Dann wurde sie ernst, und wieder wanderten ihre Augen zu dem leeren Stuhl rechts von ihr. Sie seufzte. Er fehlt dir, sagte ich. Madame Ilsebill schnäuzte in ein zerknittertes Stofftaschentuch, nickte. Ja, sagte sie, er fehlt mir sehr. Patrick hatte sich drei Tage nach Lucians Ermordung das Leben genommen. Madame Ilsebill fand die Leiche ihres Sohnes im Heizungskeller, wo er sich, vollgepumpt mit Medikamenten, mit einem Lederriemen erhängt hatte. Was sie im ersten Moment für ein schiefgegangenes, autoerotisches Experiment gehalten hatte, erwies sich sehr bald als Verzweiflungstat. Patrick hatte gewusst, was geschehen würde, und er war zur falschen Zeit am falschen Ort, und damit konnte und wollte er nicht weiterleben. Zu seinen

Füßen lag ein gefaltetes Blatt Papier, auf das er mit unbeholfener, trunkener Schrift notiert hatte:

Mich derschlagt meine Schuld. Mama, verzeih bitte, dass ich so nicht leben kann. Niemand kann das von meinen Schultern heben. Der Tod vom Lucian hängt an mir wie ein Schatten aus Blei. Ich hätt ihn retten können, aber war fix zu spät. Ich liebe dich Mama. Ich geh jetzn …

In den Tagen, in denen die Jungs die Kellerwohnung von Madame Ilsebill häufig besuchten und sie zu ihrer, wie sie es ausdrückte, Diaspora machten, war ich selbst zwei oder drei Mal bei ihr zu Besuch. Einmal, weil ich die Dienste ihres stets in Leder gekleideten Sohns in Anspruch nahm, dessen bekiffte, jungmännliche Arroganz mir besonders gut gefiel, die anderen Male, weil Madame und ich uns oberflächlich angefreundet hatten und ich ihr von meinem Urlaub auf Gran Canaria zwei Flaschen Honigrum als Geschenk mitbrachte. Die Erinnerung an die gemeinsamen Stunden, als wir eine der Flaschen geleert hatten, war auch der Grund, warum sie mich überhaupt empfing, nach so vielen Jahren, um über einen der traurigsten Tage zu sprechen, an den sie sich erinnern konnte.

Dann half ich ihnen, sich für die Parade herzurichten. Originellerweise wollten sie alle bis auf Lucian als Stricher gehen, also verführerisch aussehen. Sie zogen sich in der

Wohnung ohne jede Scham vor den Augen der anderen um, überall lagen Hosen und Unterhosen, Socken und T-Shirts und Sportschuhe herum, und mir wurde selbst ganz blümerant beim Anblick so vieler hübscher junger Männer, die auf mich wirkten wie aufgeregte Gänse. Sie trugen unterschiedlich farbige Netzshirts und zerrissene Jeans, hauteng natürlich, oder bauchnabelfreie T-Shirts, Patrick trug seine engste Lederjeans und ein schwarzes Netzshirt, und Lucian hatte die schwarze Armeehose an, die ihm bezaubernd nicht passte. Dazu hatte er ein hautenges, schwarzglänzendes Tanktop und die schwarze Baskenmütze mit dem roten Stern. Ich strich sie ihm tief auf die rechte Seite, und wir mussten alle so lachen, als ich ihm den Backenbart anklebte und den Kinnbart, damit er wenigstens ein klein wenig wie Che Guevara aussah. Unter noch mehr Gelächter versuchte er, den dramatischen Blick nachzumachen, der von all den Fotos und ikonenhaften, grobstrichigen Zeichnungen bekannt ist. Und als wir alle lachten und Lucian versuchte, ernst zu schauen wie Che Guevara auf dem Poster, fiel mir zum ersten Mal der unangenehm kalte und spöttische Blick auf, mit dem Daniel von einer Seite des Raumes, etwas abseits von den anderen, Lucian mit prüfenden Blicken bemaß wie eine Sache. Dann dieser kurze Seitenblick mit einem Nicken zu Marcel. Das bildete ich mir nicht ein, dieser Blickwechsel war da und er war verschwörerisch, da lass ich mir da in den Hals stechen, das musst du mir glauben! Die Verachtung und Kälte, mit der Daniel Lucian ansah, war vollkommen. Vollkommen!

Doch es war so viel los in meiner Wohnung, und der Moment verging. Sie sortierten ihre Klamotten zu ordentlichen Stapeln, leerten die Aschenbecher, wischten die feuchten Ränder weg, die die Gläser auf dem Tisch hinterlassen hatten, und zogen eine Line Speed, Eine auf dem Weg, wie Patrick das nannte. Ich genehmigte mir auch eine, weil ich vorhatte, mir einen Rausch anzuzüchten, und auf Speed kann man ja saufen bis zum Jüngsten Tag. Dann brachen sie in einem großen, lauten Trubel auf. Ich klappte die Tür zu, und in der Wohnung war es jäh vollkommen still. Ein komisches Gefühl hatte ich, als ob ein Unwetter aufziehen würde, ein heftiges, stürmisches Donnerwetter. Ihr Lachen und Gekirre war noch in der Luft, in den Vorhängen, in den Wänden. Lächelnd, ich weiß noch, das ich lächelte, setzte ich mich mit einer Flasche Bier in den Garten, machte mit der Fernbedienung Musik an, irgendetwas aus dem Radio, und zwei oder drei Lieder später spielte es The lion sleeps tonight, und ich musste lachen. Nein, nein, sagte ich zum Radio, der Löwe schläft heute Nacht ganz bestimmt nicht. Der sucht sich wen, der ihn in den Arsch fickt. Dann trank ich noch ein Bier und noch eines und dann stieg ich auf Wodka um. Der Wind griff in die Bäume und wehte Laub herab, und ich schlief betrunken ein. Hier, auf diesem Korbstuhl, mit den Füßen auf dem, wo du jetzt sitzt.

Patrick kam am Montag frühmorgens nach Hause, wanderte wie ein Geist durchs Wohnzimmer, kam kurz zu mir und ging auf sein Zimmer, schloss hinter sich die Tür und weinte. Es war schrecklich, und ich brachte es nicht fertig, die Tür zu öffnen, weil ich Angst davor hatte, dass die Ursache seines Kummers auch mich von den Beinen fegen würde. Ja, ich gebe es zu, ich war zu feig, meinem Sohn beizustehen. Irgendwann am Nachmittag kam er aus seinem Zimmer, mit verschwollenen Augen, blass und mit dem Geruch von Rauch und Alkohol und saurem Schweiß. Er holte Luft, um mir zu sagen, was geschehen war. Ich saß selbst in Tränen aufgelöst vor dem Fernseher, wo gerade in den Lokalnachrichten berichtet wurde, dass ...

Mama, wimmerte Patrick, Lucian ist tot. Sie haben ihn abgestochen wie ein Schwein. Dann fing er wieder zu heulen an und sank vor mir auf den Boden, und ich umarmte ihn, roch seine Haare und weinte mit ihm. Lucian war tot, und, großer Gott, ich meine: Lucian! Wenn es je irgendjemand gab, der für das Wort Leben stand, dann war das Lucian. Im Fernsehen sagten sie, man hätte die Täter verhaftet und beide seien geständig.

Weißt du, wer es war, fragte ich ihn, und er antwortete, Ja, weiß ich, Mama. Er sah mich von unten durch seine tränennassen, roten Augen an und schüttelte den Kopf. Ich versteh das alles nicht, Mama, ich versteh's nicht.

Die Parade

Die Parade startete um 14:30 Uhr mit einer halben Stunde Verspätung am Schottentor, du weißt, unten am Donaukanal, am Ring. Es war sonnig und heiß und windstill, und die Luft war drückend schwül. Als Zeichen, das es losging, ließen alle Truckfahrer gleichzeitig die Hörner dröhnen. Keine Ansprache, keine um Verständnis heischenden Psalmen, keine sanfte Stimme einer vor Rührung und Aufregung heiseren Tunte, einfach ein Kriegsgetöse, das uns gerade recht kam, und dann fuhren die Trucks los, und auf dem ersten Truck vorne, der gleich hinter den Lesben auf ihren Motorrädern mit Dieselgebrüll anfuhr, erklang I am what I am von Gloria Gaynor. Kein sanftes Gesäusel, kein salbungsvolles Engelsgeflüster, verstehst du? Volle Kanne, Hundertprozent Radau. Wir kamen aus dem U-Bahn-Schacht rauf auf Straßenniveau, Tausende Leute unterwegs, alle bunt angezogen, fröhlich, hatten Sauferei dabei und alles, und wir strömten durch diese Menge wie Fische durchs Wasser und stießen von der Seite zur Prozession, berichtete mir Marcin, den ich einen Tag nach meinen Besuch bei Madame Ilsebill im ersten Bezirk in der Fußgängerzone traf.

Wir saßen im Schatten einer Würstchenbude auf Klappstühlen, die Menschen strömten um uns herum, und wir tranken eiskaltes Dosenbier. Marcin fuhr fort: Den Bass der Musik hörten wir schon unten im Halbstock, bevor man zu der Rolltreppe kommt, über die man ins Freie gelangt. Das dumpfe, hallende Schlagen war so schnell wie mein Puls, das Speed war gutes Zeug, und wir waren noch nicht wirklich übel betrunken, ja? Eher so in einem euphorischen Zustand, den Daniel gerne umschrieb mit: Ich könnte die ganze Welt niederficken!

Wir lachten ununterbrochen oder grinsten uns blöd an, Lucian ging gleich in seinen Salsaschritt über, winkelte die Arme an und machte diesen mutwilligen Ich-will-jetzt-tanzen-Gesichtsausdruck. Auf einmal hatte er eine Dose Berlinerbrise in der Hand, die irgendwelche rosa gekleideten Jungs als Werbegag für Air Berlin verteilten, und schrie, Represent Represent *Cuba*! Riss die Dose auf, trank und rülpste. Seine Lebendigkeit steckte uns an, trotzdem ließen wir uns ein wenig zurückfallen und gingen dann hinter einem anderen Wagen her als Lucian, der bei den Jungs vom Red Carpet mitlief. Wenn Lucian so richtig Gas gab, war das auch uns oft zu viel. Das Geld saß locker. Es war, als würden wir mit lodernden Geldbündeln durch die Stadt ziehen, ja, uns brannte das Geld im Sack, und wir gaben es mit vollen Händen aus. Du darfst nicht vergessen, wir waren eine Clique von Strichern, die alle gut abkassierten, weil wir uns nicht zu billig gaben, nicht blöd waren und in Wirklichkeit nicht von dem Geld abhängig waren.

Wir hatten gerade unsere drei, vier Jahre, in denen alles gut geht oder zum Teufel, und bei uns lief es wie geölt. Bei Daniel war's halt doch so, dass er das Geld auch brauchte, um die Versäumnisse seiner Eltern auszubügeln. Er kaufte oft Lebensmittel, Bier für seinen Vater, einmal die Woche eine Flasche Moskovskaya Wodka, den mochte sein Alter am liebsten. Er ging auf den Markt in Meidling einkaufen, holte Salat, Kartoffeln und Hühnerfleisch bei den Türken. Kannst du dir das geben? Daniel hatte noch den Geruch der Freier an sich, wenn er frühmorgens auf den Markt ging und die Familie mit Essen und Saufen versorgte.

Wir kauften damit den Luxus, den wir uns sonst nicht leisten konnten, oder schmissen mit Geld auf Partys herum wie die Weltmeister. Eine Flasche Sekt? Ach was, nimm zwei! Da ein Joint, dort drei Gramm Kokain? Nimm zehn Gramm, der Abend wird lang – dort ist der Spiegel, leg's auf! Geil angezogen in der halbdunklen Ecke der Nachtbar, geheimnisvoll und begehrt. Zwischendurch einen Freier ins Maul ficken, verstehst du? Gegen fünf Uhr waren wir dann doch schon ziemlich blau und wechselten nach einer weiteren Line Speed in einer kühlen Hauseinfahrt am Ring von Alkohol auf Wasser, um nicht schon am frühen Abend völlig tralala zu sein. Interessant fand ich, also wenn ich jetzt so zurückdenke: Lucian wollte weitersaufen, und ich wusste, dass Daniel aus irgendeinem Grund einen Mordszorn auf ihn hatte, ihn irgendwie und aus irgendeinem Grund gleichzeitig liebte und hasste. Mich wunderte, dass Daniel auf einmal die Stimme der Vernunft zum Besten gab und Lucian überredete, auch auf Mineralwasser umzusteigen und nicht weiter Sekt und Berlinerbrise zu saufen. Lucian hatte die Jungs von Air Berlin längst zu Fans von sich gemacht, tanzte ihnen erotisch was vor, und sie sponserten ihn mit ihren Dosen, klatschten im Takt der Musik und jubelten ihm zu. Dachte, Daniel lässt sich eine Chance durch die Finger gehen, Lucian voll besoffen zu machen. Es hätte ihm ähnlich gesehen, Lucian im Suff vorzuführen, zum Narren zu machen, aber er tat auf einmal ganz lieb und umsorgte ihn, redete freundlich auf ihn ein, und mir kam es vor, als wenn Marcel sehr nervös wäre und immer wieder zu Daniel hinschaute und wie er Lucian umsorgte. Und Lucian? Der war nicht misstrauisch. Der war total platt, wie Dan sich um ihn kümmerte und umsorgte. In dieser kühlen Hauseinfahrt, in der alles hallte, sogar unser Atem, wo es so kühl war, dass wir die Gänsehaut bekamen, umarmte Daniel Lucian und küsste ihn auf den Mund und streichelte seinen flachen Bauch, und wir standen da und sahen zu und waren völlig durch den Wind von der Intensivität ihrer Zärtlichkeit Es war ein sinnlicher Moment, auf der Kippe zur Erotik, aber weit weg von Porno XXX oder so. Daniel unterbrach den Kuss und flüsterte, mit seinen Lippen an Lucians Lippen, Nur noch Wasser, bis zum Abend, okay, mein kubanischer Stecher? Und Lucian hauchte zurück, ich werd's nie vergessen, weil es halb lustig und halb ernst war, Si claro, meine Gebieterin. Dann gaben sie sich noch einmal die Zunge, Daniel massierte Lucians Schoß mit ziemlich viel Hingabe, dann stand er

auf und zog ihn auf die Beine, der vom Kuss ziemlich be-
nebelt war und einen deutlichen Ständer in der Hose hatte. Wir lachten alle. Aber keiner von uns wirklich bösartig.
Dachte ich jedenfalls.

Es dämmerte früh, weil vom Westen her über den
Kahlenberg die erste Wolkenfront über die Stadt hinweg
zog. Es waren dichte, schwere Wolken, aber sie brachten
weder Regen noch Kühlung. Es war eher so wie eine riesige
Heizdecke, die irgendein Scheißkerl mit seltsamem Humor
über der Stadt ausbreitete. Wir schwitzen wir die Irren
und hatten Durst, tranken Wasser in rauen Mengen, und
weil wir so viel Wasser tranken, blieben wir alle in guter
Stimmung. Das Speed höhlte uns nicht aus. Wind kam auf
und zupfte und zerrte an den aufwendigen Kostümen der
Wiener Szenegrößen, Zeitungen, Flyer und Visitenkarten
wurden zerfleddert über den Ring geweht und Getränke-
dosen und McDonalds-Verpackungen. Wir stampften auf
den Basswellen über den Ring, flirteten in alle Richtungen.
Dann kam diese Szene mit Lucian und dem einen Jungen,
der auf dem Truck von Red Carpet mitgefahren war. Luca
hatte mit ihm geflirtet, so über die Distanz, Augenauf-
schlag, Hand auf dem Schoß und alles, und der Junge fing
Feuer wie ein Strohballen im August und sprang in voller
Glut vom Wagen und tänzelte neben Luca und warf ihm
verliebte Blicke zu und rief etwas. Mir tat der Bursche
schon in diesem Moment leid. Er war niedlich, ein wenig
feminin, eine Jungtunte eben, wirkte ganz verhuscht, aber
voll harmlos und süß, weißt du? Luca stieg zum Schein auf

seine Flirtversuche ein, und als er nach einer Viertelstunde oder so genug davon hatte, sagte er dem Jungen irgendetwas, dass ihn mit einem Klirren erstarren ließ. Versteinert blieb er stehen und sah aus wie einer, dem man gerade den Orgasmus gestohlen, dem man die innersten Träume zertrümmert hatte. Ich fragte Luca später, was er zu ihm gesagt hatte, und er antwortete, Na, meinen Preis. Hundertfünfzig Euro. Weiß nicht, wieso der kleine Scheißer dachte, er könnte mich umsonst abschleppen. Ich bin eine Hure, verdammt noch mal, und ich bin nicht billig! Da dachte ich nicht zum ersten Mal, dass Luca statt einem Herz eine Rechenmaschine in der Brust hatte. Doch das stimmte nicht. Nicht wirklich. Er war grausam. Eine Rechenmaschine ist nicht grausam, sie empfindet nichts, sie rechnet nur. Lucian tat mehr als das, viel mehr. Wenn ich es so recht überlege, war er, wenn man hinter die Fassade seiner Schönheit blickte, ein kalter, leerer Raum, in dem immer der Wind wehte. Ob er wirklich glücklich war, wenn er so wirkte? Ich weiß es nicht. Lucian konnte vielleicht Gefühle perfekt imitieren. Nein, auch der Vergleich mit dem leeren Raum stimmt nicht. Er war zu großer Zärtlichkeit fähig, aber er hatte einen sehr eng gesteckten Rahmen, in dem er sich bewegte und Nähe zuließ. Damals dachte ich nicht so viel über derlei nach. Lucian war einfach Lucian, der hübsch war und gut roch und immer breit grinsend herumtänzelte, stets bereit, einem möglichen Freier die Glut der Leidenschaft in die Seele zu schaufeln. Es war so, als ob er dem Jungen, den er zurückgewiesen hatte, einfach einen Teil seiner eigenen Bitterkeit ins Herz schüttete.

Dann kippte die Stimmung. Zumindest bei mir. Der Wind wurde stärker und war aggressiv. Meine Mutter hatte für diese Art des Sturms das Wort hantig. Der Wind war hantig, und die Leute verloren die Lust, am Ring hinter den Trucks herzulaufen. Perücken flogen durch die Luft, mühsam zusammengeklettete Kleider und Kostüme wurden aufgerissen, die Bäume am Ring bogen sich in den stürmischen Böen. Obwohl nichts geschah, mir nichts geschah, war meine gute Laune auf einmal weg. Neben mir gingen Daniel und Marcel, und ich sah, dass Daniel ein Messer aus der Jeans gezogen und aufgeklappt hatte. Es sah scharf aus. Bevor ich erkennen konnte, was für eine Art Messer es war, klappte Daniel die Klinge in den Griff und steckte es weg, grinste zu mir rüber und hielt mir seine Wasserflasche hin, sagte, Der Wind haut alles zusammen, Fickscheiße! Der Kerl konnte so obszön sein, aber manchmal erfand er so komische Schimpfwortkonstrukte, dass man nur lachen konnte, auch wenn's saumäßig obszön war. Für mich sah es aus wie ein Messer, das von Jägern und Fischern verwendet wird. Mit einem Wellenschliff, scharfer Spitze, schwarzer, geriffelter Griff. Ich verstand nicht, wozu Daniel ein Messer bei sich hatte und welchen Grund er haben konnte, es Marcel zu zeigen. Das kam mir so absurd vor, dass ich es fast wütend beiseiteschob. Fast so, als ob ich mir die Zeigefinger in die Ohren steckte und Lalala schrie.

Das Licht war rostig, metallisch und matt, es waren die Farben alter Fotos. Auf einmal war die Parade eine geisterhafte Prozession, ein Marsch von Zombies, die dem Wahn verfallen waren, noch am Leben zu sein. Hatte das Gefühl, von einer bitteren Welle überrollt zu werden. Die Fröhlichkeit der Leute um uns, gedämpft durch den Sturm, war bizarr und unecht. Hamid und Patrick holten auf, und ich sah, dass sie wieder auf Bier umgesattelt hatten. Sie waren abseits der Parade im Schatten alter Häuser pissen gewesen, und jetzt rochen sie übel nach saurem Bier. Auch ihnen sah ich an, dass Glanz und Wahn der Parade sich verflüchtigt hatten, dass sie weitergezogen war und uns zurückließ, wie ein Schiff seine Abfälle. Dann löste sich die Parade auf, kam zu ihrem Ende. Wir hatten den Karlsplatz erreicht, wo es eine Abschlusskundgebung geben sollte, mit Ansprachen von Szenegrößen, Wir möchten uns ganz herzlich bei der Stadt bedanken und den Bezirkspolitikern, die das alles möglich gemacht haben, ein paar Schauspielern, die sich als schwul geoutet hatten, und dem Wiener Bürgermeister. Danach waren Auftritte von Gruppen geplant, deren Bekanntheit nie die Grenzen von Wien überschritten hatte. Was keinesfalls bedeutete, dass sie schlecht waren, denn das waren sie nicht. Hübsche Studenten mit Kinnbärtchen und wuscheligen Haaren, die Indierock spielten oder Dubstep oder, wie Luca es nannte, Fusion. Wir fanden alle zusammen. Alle sieben. Daniel, Patrick, Marcin, Lucian und ich waren der innere Kreis, kann man so sagen. Hamid und Frank trudelten wie Monde mit. Weiß gar nicht mehr, wie wir eigentlich zu unserer kleinen Clique zusammengefunden hatten und wann genau das gewesen war, aber ich denke, das war etwa zwei Jahre, bevor Luca ermordet wurde, als eine Gruppe von wohlhabenden Freiern aus Barcelona in Wien einen draufmachte und mehrere Stricher dabeihaben wollte. Luca stand von Anfang an fest, weil er spanisch sprach, klar, und eine hübsche Drecksau war, und ich glaube, es war so, dass Luca die anderen Jungs einsammelte, als er mit drei dieser Touristen in der Wiener Szene auf Fleischbeschau war. Die hatten Geld wie Heu und gaben es mit grimmiger Leidenschaft aus. Jedenfalls landeten wir dann ein oder zwei Tage später in einer riesigen Wohnung im ersten Bezirk mit großer Dachterrasse und Grill draußen und Sauna und Solarium und überhaupt alles, und dort trieben wir es dann untereinander und mit den Freiern, es roch überall nach Opium, Gleitgel und Poppers, nach Schweiß und Alkohol, wir waren übers Wochenende auf Drogen, ich glaube, dass in diesen zwei Tagen jeder von uns zumindest einmal gefickt wurde, wir wussten nicht mehr, wer es mit wem trieb, wann ein Freier seinen Schwanz irgendwo rein schob und wann einer von uns Jungs. Zwischendurch aßen wir gegrilltes Huhn und Brötchen mit Schinken und Kaviar, tranken Sekt in rauen Mengen und Rum und teuren Wein. Irgendwann waren Luca und ich in einem Zungenkuss verheddert, schoben uns gegenseitig schaumige Spucke in den Mund, und ich verstand in diesem Moment, warum man ihn lieben und hassen konnte, ohne zu wissen, wie sich beide Gefühle nebeneinander ausgingen, ohne einander gegenseitig den Platz streitig zu machen. Luca war der König in dieser Orgie. Er lag auf mir, sein Schwanz steckte halb in mir drin, und er war vollkommen verstrahlt und schwitzte. Na komm schon, sagte er mit seinem überheblichen Grinsen, lass dich ficken, du polnische Fotze. Natürlich ließ ich mich von ihm ficken. Es schien mir ein Privileg, doch an jenem Tag brachte er es nicht zu Ende und schlief auf meinem Rücken ein, sein Schwanz, weich werdend, in meinem Hintern.

Wir verließen Sonntagnacht allesamt die Wohnung, und ich glaube, keiner von uns hatte weniger als tausend Euro in der Tasche. So viel hatte noch keiner von uns verdient, und es gefiel uns, für all den Spaß, den wir gehabt hatten, auch noch so unverschämt viel Geld zu kassieren. Von da an waren wir oft gemeinsam unterwegs und arbeiteten an unserem Ruf, sehr gut, aber auch teuer zu sein. Die Dreißigeurokunden verachteten und sahen uns schief an und taten so, als ob wir kurzfristig einem Wahn verfallen seien, aber wir wussten es besser. Wir schanzten uns gegenseitig gute Kunden zu, unterliefen so die anderen Stricher und wichen den Begierden von Kunden aus, deren Preisniveau für uns nicht interessant war. Diese Arroganz machte vielen zu schaffen, die es gewohnt waren, Jungs um zwanzig oder bestenfalls dreißig Euro mal schnell auf der Toilette zu verblasen. Das machte uns sehr selbstbewusst. Wir waren teuer, gut gekleidet und versprühten werbeästhetischen Lifestyle wie Parfumwolken. Doch wir kannten das Dunkel im Leben der anderen, und jeder von uns wusste, dass die anderen von der eigenen Finsternis wussten. Patricks Schamgefühl, weil er der Sohn einer stadtbekannten Domina war. Daniel mit seinem saufenden Vater, der den Rechtsnationalen gab und in Bierlokalen gegen Schwule hetzte, Luca mit seinem arroganten und abweisenden Vater und der hilflosen Mutter, und natürlich ich selbst. Meine Verwirrung, als mich Mama aus der Wohnung schmiss, weil das Geld, das sie irgendwoher bekam, eines Tages ausblieb. Frank, der immer tiefer im Grind der Drogen versank.

Als ich das Gefühl hatte, dass die Parade immer mehr zu einer Trauerprozession von Leichen wurde, ich hab dir ja davon erzählt, da war das vielleicht eine Ahnung, dass der schöne Schein vorbei war und die Dunkelheit uns einholte. Was die Dunkelheit ist, fragst du? Das kalte Leben, die Ernüchterung nach einem fast zweijährigen Lebensrausch mit den Taschen voller Geld, eimerweise Drogen und Sex, so viel wir wollten. Ich sehe jetzt, wenn ich die Augen schließe, noch immer Luca, der hinter dem Truck vom Red Carpet her tanzte und flirtete und seinen Arsch zeigte, und wie alles um ihn herum dunkler wurde, weil diese dichte graue Wolke über der Stadt ruhte wie ein Grabstein; es war so, als ob das Bild in einer Art dumpfen Echo versinken würde, die Szene, die von einem Tusch begleitet wird, von der nur das Nachhallen übrig bleibt. Die Melancholie, die sich damals in mir breitmachte, war vielleicht sogar eine Art Hellsichtigkeit, verstehst du? Man kann sich alles schönreden, ich weiß ja. Doch das Gefühl war da, und es dauerte nicht lange. Genau genommen dauerte es, bis Frank mit einer Tüte voller eiskalter Bierdosen daherkam. Wir versammelten uns beim Brunnen vor der Karlskirche, zogen die Schuhe aus und stellten die bloßen Füße ins lauwarme Wasser, knackten die Bierdosen, und die Dunkelheit hatte auf einmal nichts Bedrohliches mehr, sondern war unser Freund. Dort, wo das Licht ausging, trieben wir uns herum, tranken, hatten Spaß, fickten und verdienten Geld.

Ein Mann ging an uns vorbei. Er sah gut aus, und ich hatte das Gefühl, ihn zu kennen. Er war groß und schlank, trug ein teureres Jeanshemd und eine Jeans von Diesel. Graue Haare, Dreitagesbart. Er sah freundlich zu uns herüber, und mir fiel auf, dass er Daniel zunickte. Das war nichts Außergewöhnliches. Vermutlich wollte er so sein Interesse zeigen, und dass er ihn als das erkannt hatte, was er war. Kurz kam mir in den Sinn, dass ich den Mann vielleicht daher kannte, weil ich ihn heute schon ein paarmal gesehen hatte, weil er ständig am Rande meines Sichtfeldes erschienen war, gerade außerhalb meiner Aufmerksamkeit. Luca fing den Blick des Mannes aus der Luft auf, kam, sich rekelnd, auf die Füße und tänzelte ihn mit seinem Karambalächeln an. Mit einem Nicken, das fast wie eine Entschuldigung aussah, wich der Mann zurück, zeigte mit dem Finger auf Luca und ging weg. Inzwischen war es neun Uhr abends geworden und Daniel warf ein, wir könnten jetzt noch in den Spiegel gehen und etwas Anständiges essen und Freier klar machen. Zwinkerte Luca zu, der sich wieder auf die Steinfassung des Brunnens gesetzt hatte und an seinem Bier nippte. Luca winkte ab und sagte, er wolle früher, also wirklich nur etwas früher, nach Hause und sich auf eine Prüfung vorbereiten. Ich glaubte ihm das nicht, denn um zu lernen, war er schon viel zu verstrahlt. Er wirkte noch immer voll ansprechbar und nüchtern, aber das konnte nicht sein. Natürlich konnte es sein, bei den Mengen Speed, die er sich reingeschaufelt hatte. Aber lernen auf Speed und Alkohol? Was denn bitte? Verloren sah er aus. So, als ob er im Moment nicht so genau wüsste, wohin er gehörte.

Na komm, lockte Daniel, samstags lernen ist für die Fische. Komm, es gibt 'ne Runde Gebackener Emmentaler mit Mayosalat, liebst du doch, na komm, Alter! Und mit dem gebackenen Emmentaler hatte er Luca am Haken. Wir alle wussten, dass Lucian auf den gebackenen Käse abfuhr, den Relly machte. Kannst du dich an Relly erinnern? Die schmiss die Küche allein. In dem riesigen Lokal. Ich hatte das Gefühl, in einem Traum zu sein, oder anders, ich hatte das Gefühl, gerade erst zu bemerken, dass ich in einem Traum war. Alles war so komisch. Sicher lag das auch an den Drogen. Aber die Erinnerung an Luca, der hinter dem Truck her tänzelte, der Mann, der an uns vorbei ging und den Luca antanzte, der Sturm und die schweren Wolken, die über die Stadt zogen. Mich erreichte nichts mehr richtig. Die anderen wurden ungeduldig und scharten sich um Lucian, so als ob ihre Nähe allein ausreichen würde, um ihn seine Entscheidung überdenken zu lassen. Sich streckend stand er auf, gähnte demonstrativ und ließ die Kiefer knacken. Echt, wegen euch trostlosen, samenlosen Wichsern werde ich noch die Prüfung in den Sand setzen. Also gut, ein Bier, Emmentaler, und wenn es sich ergibt, hole ich mir am Scheißhaus einen Proteinshake ab. Du weißt, was er damit meinte, ja?

Ich nickte.

Daniel ließ seinen Blick über die anderen schweifen und deutete mit einem Nicken zu Hamid, der schon ziemlich erledigt wirkte. Er hockte vornübergebeugt auf der Mauer, seilte Spucke ab und rülpste. Ist ein guter Muslim, kicherte Daniel. Sauft, raucht, frisst Schweinefleisch und gibt den Arsch wie ein Weltmeister.

Was ist mit ihm, fragte ich Daniel. Der zuckte nur mit den Schultern, legte einen Arm um Lucians Schultern und sagte unbekümmert, Totalschaden, sieht man ja. Hamid hob den Kopf und brabbelte heiser und verschliffen, aber mit einem breiten Grinsen, Aktuell bin ich eine ziemlich alkoholverseuchte Persönlichkeit, *jawohl!*

Als wir dann wirklich aufbrachen, sagte ich zu Hamid, Du, wir gehen jetzt in den Spiegel. Was ist mit dir? Und Hamid sah mich mit einem wässrigen Blick an und nuschelte, Geht schon mal. Ich bleibe hier und kotze ein wenig rum. Das brachte mich zum Lächeln, weil ich genau wusste, wie er sich fühlte und wie er versuchte, es zu überspielen. So wie ich Hamid kannte, würde er wirklich noch eine Pizza im Park ablegen und dann, nachdem er sich den Mund mit Bier gespült hatte, zu uns in den Spiegel kommen. Wir schlurften matt über den Resselpark zum Zugang zur Opernpassage, um uns herum Leute von der Parade und Anzugtypen und Eltern mit Kindern und ein paar ziemlich geil aussehende Typen, die wie bulgarische Armutsflüchtlinge aussahen, und wir stritten kurz und zahnlos, ob wir mit der U4 fahren oder die eine Station zur Kettenbrückengasse zu Fuß gehen sollten. Ich war ziemlich im Arsch wegen der Rennerei auf der Parade, der Sauferei und so, aber andererseits war es irgendwie aufregend, bei diesem trockenen heißen Sturm zu Fuß zu gehen. Die Bäume bogen sich, die Sträucher und Hecken rauschten und schüttelten sich und Papierfetzen und McDonalds-Schachteln flappten über die Wege und Straßen. Staub wirbelte zu Trichtern hoch und tänzelte, als ob die Party noch nicht zu Ende wäre.

Die Parade war explodiert in winzige Sternbilder, kleine Gruppen von kostümierten Leuten, von peinlich bis sexy, und irgendwie beschlossen wir einstimmig, doch zu Fuß zu gehen. Also fluteten wir die Passage, gingen beim Burger King nach links in den Durchgang, wo unsere Schritte und obszönen Schreiereien lange nachhallten, und hinter der Sezession wieder rauf, wechselten über die linke Wienzeile zum Markt, der zwischen rechter und linker Wienzeile am Wienfluss liegt, und in diesem grauen Licht, unter den vielen Menschen, die hin und her strömten, hatten wir unseren Glanz.

Doch dann kam alles anders. Lucian hatte, als wir schon an der Kreuzung Kettenbrückengasse waren, auf einmal keine Lust mehr, in den Spiegel zu gehen. Er lehnte an der Mauer, beugte sich drüber und kotzte auf das Blechdach der U-Bahnstation und jammerte dramatisch, dass es ihm elend gehe und er lieber an der frischen Luft bleiben würde. Daniel versuchte, ihn zu bedrängen, mit uns in den Spiegel zu kommen, aber je mehr er sich bemühte, desto sturer wurde Luca, kotzte einen Schwall auf den Parkplatz, packte seinen Schwanz aus und sprenkelte in seiner Kotze herum, und Daniel schrie, Wäh, Alter, du scheiß Hurenkind. Du bist so grindig!

Luca grinste verschlagen oder besoffen oder beides und sagte dann, dass er zur Donauinsel fahren wolle, um sich dort am Toten Grund auszuschlafen. Die Idee fand Anklang. Und Daniel war angepisst wie nur was. Ich verstand damals nicht, wieso er so mies drauf war –jetzt weiß ich es natürlich. Na klar. Er hatte dem Münchener versprochen, ihm Luca nach der Parade zu liefern. Wir machten also kehrt, liefen auf der Wienzeile zurück zum Karlsplatz, und dort rannte uns Hamid in die Arme, lachte, und wir lachten, weil er aussah wie ein Beistrich in der Stadtkulisse, so lang und dünn wie er war, mit seinem überlangen T-Shirt und beim Arsch durchhängenden Haremshosen. Wir überzeugten ihn, mit uns zu kommen, nahmen die U1 und fuhren bis nach Kagran. Ich merkte spätestens in Kargran, als ich aus meiner Wohlfühlzone draußen war, wie verstrahlt wir alle waren. Wir wussten weder, welchen Bus wir nehmen, noch, an welcher Station wir aussteigen mussten. Wir checkten einfach in den ersten Bus ein, der bei der großen Haltestelle vor der U-Bahnstation stehenblieb, und wir hatten Glück, einfach nur Glück. Wir stiegen aus, wo es dunkel war, und marschierten in eine Tankstelle, dort, wo die Zubringer zum Autobahnkreuz sind. Kauften Bier und Wein und eine Flasche Wodka, eine Stange Marlboro, damit jeder was zu rauchen hatte, und dann nahmen wir noch ein paar Dosen Red Bull mit, zum Munterwerden. Auf einmal hatte ich das Gefühl, das wir auf Abenteuerfahrt waren, und auch Daniel, der im Bus ein paar Mal telefoniert hatte, war auf einmal wieder gut drauf, machte Scherze und griff Luca ziemlich geil auf die Zwölf. Und der schnurrte wie eine Katze und gab wieder den lasziven Verführer. Jedenfalls marschierten wir mit Plastiktüten bepackt auf der Parkspur parallel zur Ölhafenstraße im Dunkeln dahin, lachten, machten Scherze und redeten Unsinn. Mich interessierte damals alles, was mit den Inkas zu tun hatte, und Prä-Astronautik, und ich konnte vollkommen ernsthaft stundenlang drüber reden, nur hatte ich niemand, der das wollte. Gerade Linien in der Wüste, Kristallschädel, UFOs als Urahnen unserer Kultur und so weiter. Daniel und Patrick redeten eigentlich nur über Sex, über die Kunden und über die abartigsten Wünsche, die man an sie herangetragen hatte. Lucian unterhielt sich mit Hamid. Mit halbem Ohr hörte ich zu und hatte das Gefühl, ein blöder Spitzel zu sein. Luca redete über seinen Vater. Das tat er öfter, aber diesmal klang seine Stimme so, als ob er gegen das Weinen ankämpfen würde. Ich verstand nicht jedes Wort und reimte mir viel zusammen, aber im Grunde genommen ging es darum, dass Luca das Gefühl hatte, dass er zu wenig für seinen Vater sei. Nicht nur seine Leistungen im Studium und seine Leistungen als Sohn, sondern er als Ganzes. Als Mensch. Hamid verstand das, weil er und seine Brüder nach dem Tod der Mutter vor ein paar Jahren vom Vater allein großgezogen wurden und der Vater keinen anderen Weg sie zu erziehen fand, als sie brutal zu verprügeln und selbst bei den geringsten Vergehen gegen die Hausordnung übelst zu bestrafen. Als wir über die Steinspornbrücke zur Insel überwechselten, sah es so aus, als würden sie, Schulter an Schulter, ein bisschen weinen, und das rührte mich doch ziemlich, weil es mir eine menschliche Seite an Lucian zeigte, die er sonst so sorgfältig verbarg. Auf der Insel gingen wir dann unten am Wasser auf dem Betonweg, auf dem tagsüber Radfahrer und Skater entlangfuhren, Richtung Osten weiter bis zu der Holzbrücke, die den Seitenarm des Toten Grundes überspannte, zogen uns aus und sprangen ins Wasser. Jetzt war es windstill, und ich fragte Hamid, ob er gemerkt hätte, wann der Wind aufgehört hatte, und er sagte, dass schon bei der Busstation völlige Flaute war. Kein Hauch mehr. Die Wolkendecke saß über der Stadt, es war heiß und schwül, und wir waren geil wie junge Katzen.

Später gingen wir den Schotterweg hinauf auf den hohen Rücken der Insel, suchten uns einen Platz im niedergetrampelten Gras und verteilten unsere Klamotten.

Lucian hing sie auf die verkrüppelten Zweige eines kleinen Apfelbaums und setzte sich splitternackt ins Gras, riss eine Dose Bier auf und stimmte das Gitarrenriff von Smoke on the water an. Wir stiegen ein, lachten, plumpsten in die Wiese, rissen Dosen auf und tranken das Bier und den Wodka, lachten noch mehr. Wir suchten Kleinholz aus dem Gestrüpp zusammen und schlichteten es zu einem kleinen Lagerfeuer auf, das wir mit betrunkener Sorgsamkeit bewachten, um ja nicht in Scherereien zu kommen. Irgendwann wurde es ruhiger, die Blicke schläfriger. Um uns herum war es vollkommen ruhig. Auf der Unterseite der Wolken leuchtete matt das rostige Licht der Stadt. Ich lag schon auf der Seite und sah, wie Hamid eine letzte Runde drehte. Er nahm eine leere Dose, ging runter zum Wasser und löschte die letzte Glut. Legte sich ins Gras, und ich sah zu ihm und er zu mir, bis mir die Augen zufielen und ich einschlief. Irgendwann wurde ich noch kurz munter oder ich bildete mir ein, munter zu werden, denn ich sah, wie Daniel gebückt zu Lucian schlich und sich zu ihm legte. Lucian war zu jener gedankenlosen Zärtlichkeit fähig, die ich an Menschen immer schon so sehr bewundert habe. Mit einem Seufzer drehte er sich herum, kuschelte sich an Daniel, legte einen Arm auf seine Hüfte und schlief weiter.

Die Keusche erinnert sich

Ich konnte ihn nicht leiden, sagte die Keusche, als wir uns im Garten des Altenheims in Baumgarten unterhielten. Wir saßen einander am runden Tisch gegenüber, und die Keusche rauchte mit großer Geste eine lange Zigarette mit weißem Filter. Die Finger weit gespreizt, Goldringe, den Kopf in den Nacken gelegt, blies sie Rauchringe in die Luft. Ein weißhaariger Mann in weißer Freizeitkleidung mit zweiunddreißig falschen Zähnen. Meiner Einschätzung nach musste der feminine Mann, den man jahrzehntelang nur Die Keusche genannt hatte, weit über achtzig Jahre alt sein. Denn als ich noch Stammgast im Spiegel gewesen war, bezeichnete er sich bereits als Privatier und führte schon seit ewigen Zeiten eben jenen Beinamen. Das hatte weniger damit zu tun, dass Gerald Wlaschek aus Überzeugung, religiösen Motiven oder masochistischen Gründen auf erotische Aktivitäten verzichtete, sondern damit, dass er schon als knapp Fünfzigjähriger den heiligen Frieden mit seinem Körper geschlossen hatte. Ein gesegneter Zustand, wie er sagte, wenn das Wollen mit dem Können als Dunst im Morgen der letzten Tage schwindet. Dennoch hielt er am Spitznamen Keusche fest und gab sich als Empfangsdame des Spiegels sehr rührig und umtriebig. Nach dem Tod des Besitzers hatte die Keusche dessen Rolle als Unterhalter übernommen und war mit ein Grund dafür geworden, dass das Lokal weiterhin gut lief. Er unterhielt allein sitzende Gäste, brachte Investoren und Anbieter an einen Tisch, richtete verschämte Flirtversuche aus und bemutterte blasse und unsicher herumtappsende Stricherjungen. Der andere Grund war, dass der Spiegel das beste Stricherlokal in Wien war, schön eingerichtet, und eine sehr gute Küche bot. In keinem anderen Lokal in Wien konnte man so gut essen, während man die an den Tischen vorbeiflanierenden Jungen begutachtete. Nach dem Fressen kommt die Reue, schrie der verstorbene Alfi gerne, wenn er in schnapsseliger Runde saß. Nicht bei mir im Spiegel. Da kommt zuerst das Fressen und dann das Schwanzlutschen. In jedem Fall wussten die Gäste zu schätzen, dass man sich um jeden kümmerte, der allein kam, und ihn mit einbezog.

Die Keusche sah mich durch den aufsteigenden Zigarettenrauch an.

Im Grund genommen verabscheute ich ihn, sagte er in den Qualm. Es ist ein verwirrendes Gefühl, wenn man jemand absolut begehrt und zugleich auf den Tod nicht ausstehen kann. Er brachte mich dazu, meinen heiligen Frieden ernsthaft zu hinterfragen, und glaube mir, ich hätte ihm gerne gedient. Er sprach auf ganz subjektive Weise meinen latenten Masochismus an. Gleichzeitig ignorierte er mich nicht einmal. Für ihn war ich ein nützlicher Einrichtungsgegenstand der Bar, der witzige Sachen sagen konnte und verlässlich auf die Wertsachen der Stricher aufpasste, wenn sie sich im Dunkel des Separees an die Wand schmiegten. Lucian war ein Mensch, der wusste, dass er schön und begehrt war. Sohn eines Diplomaten, ein Exot aus der Karibik, keine finanziellen Probleme und Sex, so viel er wollte, mit wem und wann er Lust hatte. Gerade weil er auch wählerisch war mit seinen Kunden und mit den Jungs, die er quasi handverlesen an sich heranließ, schaffte er es, selbst jenen Freiern, die wirklich viel zahlten, das Gefühl zu geben, ein exklusives Arrangement getroffen zu haben. Der Junge war gut in dem, was er tat, und er hatte vor nichts Angst, schreckte vor nichts zurück und brannte so hell wie eine Supernova. Wenn er in den Spiegel kam, konnte man zusehen, wie sich alle Köpfe von rechts nach links drehten, wenn er vom Eingang an der Bar entlang nach hinten zum Billardtisch ging. Manchmal bildete ich mir sogar ein zu hören, wie die alten Sehnen quietschten und knarrten. Wie eitel er war, wie er lächelte. Als dann dieser Ernest aus Deutschland kam und das Gerücht aufkam, er würde sich Lucian nehmen, dachte ich, Na gut, wieder einer mehr auf der Liste des Halbschattigen. Und dann hörte ich Daniel besoffen mit Marcin reden. Das war am Freitag, also am Tag vor der Regenbogenparade. Die zwei blonden Jungs saßen an der Bar, tranken Bier und zogen die Blicke auf sich. Daniel hatte eine Lederjeans von Patrick an – die waren ja damals die dicksten Freunde, Daniel und er.

Wolfgang, der zu jener Zeit die Bar schmiss, war krank, und ich machte seinen Job. Daniel und Marcin unterhielten sich ziemlich lallend. Ich hatte gesehen, dass beide schon Kundschaft gehabt hatten. Zuerst plauderten sie über Musik und irgendwas über diesen Gigi D'Agostino, aber dann sah Daniel sich mit diesem halbgeschlossenen Verschwörerblick um und erwähnte den Münchner, der seit ein paar Tagen in Wien war und fast jeden Abend ins Lokal kam. Die Lage sondierte. Dann raunte Daniel mit großer Dringlichkeit etwas wie: Lucian wird bluten. Der Deutsche dreht ihm's Licht ab. Der fickt den Bloßfüßigen mit dem Messer, und ich werde dabei sein, ich schwör's, Alter.

Der Bloßfüßige. Das war Daniels Lieblingswort für Lucian, wenn der nicht da war und wenn er deutlich machen wollte, was er in Wirklichkeit von ihm hielt. Du denkst dir sicher deinen Teil, aber ich sag's dir trotzdem: Daniel und ich, wir dachten das Gleiche über Lucian, und wir empfanden auch gleich für ihn: eine Mischung aus Wut und hilfloser Zuneigung. Damals fand ich nicht die Worte dafür, aber nachdem ich aus Gesundheitsgründen im Spiegel das Handtuch warf und viel allein war, hatte ich Zeit nachzudenken.

Ob der Mord irgendwie zu rechtfertigen war, willst du wissen? Nein, nein und nein. Niemals. Verkrampfte Leidenschaft ist so schlimm wie ein Flimmern im Herz, aber sie verführt nicht dazu, so ein Verbrechen gutzuheißen oder zu entschuldigen. Vielleicht könnte ich anders urteilen, wenn Lucian irgendjemand irgendwann etwas wirklich Übles angetan hätte, weiß Gott, Betrug, Diebstahl, Erpressung. Dann könnte ich einen Mord im Affekt zumindest nachvollziehen. Doch nicht einmal damit konnte er es einem leichter machen. Alles, was Lucian tat und wofür er stand, war durch größte Klarheit gekennzeichnet, durch vollste Transparenz. Das Verbrechen an Lucian war keine Tat aus Entsetzen, Enttäuschung oder unbändiger Wut. Es war nicht einmal eine Tat aus Leidenschaft – na ja, vielleicht für Daniel, obwohl ich bei dem nicht weiß, was ihn angetrieben, seine Wut entzündet hatte. In manchen Zeitungen haben sie's damals vermutet, richtig vermutet. Es war ein Mord um des Mordes willen. Eine Tat, die sich selbst genügte. Am Ende, ich weiß nicht, wie ich es sagen soll, war Lucians Tod der Moment, der spröde Glockenschlag, der uns alle aufweckte, das Ende des Stücks. Wir standen in der Dunkelheit und wussten nicht, was wir denken, wie wir weitermachen sollten. Wir wachten auf und waren verwirrt, als ob man uns, während wir schliefen, in einem fremden, bizarren Land abgeladen hätte.

Am Abend der Tat saßen Marcel und Hamid eine Weile bei mir an der Bar, drehten sich auf den Barhockern herum, spreizten für vorbeigehende Freier die Beine und machten verwegene Gesichter. Zwischendurch erzählten sie, dass sie die Nacht nach der Parade auf der Donauinsel verbracht hatten. War eine spontane Sache gewesen, sie hatten sich mit Sauferei und Zigaretten eingedeckt und waren rausgefahren. Im Freien schlafen war schon geil, sagte Hamid und zwinkerte Marcin zu, der aufstand, die Jeans an den Gürtelschlaufen hochzog und kokett den Arsch zeigte. Sie rochen sogar nach frischer Luft und Naturwasser, nach Nächten unter dem Mond. Lach nicht, ich meine das so, wie ich es sage. Es kann sein, dass ich in meinem Alter etwas verkläre, wo es nichts zu verklären gibt. Aber als Hamid sich vorbeugte und den Aschenbecher näher zog, gab ich meinem alten Fetisch nach und roch an seinen Haaren, und die rochen nach Naturwasser und irgendwie nach Nacht und Gras. Gegen zehn Uhr nachts füllte sich das Lokal und Relly hatte alle Hände voll zu tun, ihre berühmten Schnitzel rauszubacken. Andere Strichjungen kamen. Damals waren viele junge Rumänen dabei und Jungs aus Bulgarien. Das waren echte Armutsstricher, die es wirklich nicht leicht hatten, vor allem aber eine ernste Konkurrenz darstellten für die anderen heimischen Stricher. Sie waren billiger, hilfloser und oft erschütternd schön. Das Problem war, dass sie einerseits wirklich billig waren und mangels Erfahrung schon um zehn Euro mitgingen und sich ablutschen ließen, und andererseits, dass sie ihre verwundete Männlichkeit wie eine Kriegsverletzung zur Schau stellten und die Kunden auslachten, von denen sie gerade Geld genommen hatten. Die Türken, Slowaken und Ungarn, die damals den Großteil der heimischen Stricherszene ausmachten, waren eifersüchtig, es kam zu Prügeleien, gegenseitigen Vorwürfen, Schuldzuweisungen, wenn in der Wiener Freiheit, in der Boyzone oder im Spiegel mal wieder auf Teufel komm raus gestohlen wurde, was nicht niet- und nagelfest war. Die meisten von ihnen waren sexuell frustriert und furchtbar ungeschickt, was man von Jungs im Alter von etwa achtzehn bis zwanzig Jahren so nicht vermuten sollte. Die Gäste klagten, die würden nur an der Wand lehnen wie gemalt, mit heruntergelassener Hose, ließen sich streicheln, den Schwanz blasen und wollten kurz, bevor es ihnen kam, den Preis unverschämterweise von zehn Euro auf fünfzehn Euro erhöhen, von wegen rumänischer Importsprit, ha! Als Lucian das mal hörte, zerkugelte er sich vor Lachen, und es war ein böses, verächtliches Lachen. Ich weiß, dass ihr alle – also gut, auch ich – in ihn verknallt wart, wir alle irgendwie in ihn verknallt waren, doch hat einer von euch, von euch Gästen je überzuckert, dass Lucians Herz voller Verachtung für die anderen war? Den tänzelnden, süßen Jungen spielte er, weil er es konnte. Er tanzte allen auf der Nase herum. Mir auch, Hurenkind, das! Er beherrschte die Rolle vom niedlichen kubanischen Tropical-Tänzer, er zog sie an wie eine zweite Haut. Darunter war er zerfressen vor Überheblichkeit und angefüllt mit Wut und Angst vor seinem Vater. Lucian hatte vor nichts Angst, nur seinen Vater fürchtete er wie der Teufel das Weihwasser.

Ich unterbrach die Keusche leise: Weil er das Gefühl hatte, nicht zu genügen. Dass nichts, was er tat, darstellte und vollbrachte, den Erwartungen seines Vaters genügte.

Die Keusche nickte, aber nicht sehr nachdrücklich, zündete eine neue Zigarette an, und ich fragte mich, wie er so alt werden konnte bei dem Zigarettenkonsum. Er schien mir die Frage an der Stirn ablesen zu können und kicherte, Ich kompensiere die Raucherei mit Rotwein. Mit dem Dreh werde ich noch Hundert.

Du kannst dich ja noch an die Einrichtung im Spiegel erinnern, bevor zugemacht und renoviert wurde. Ich stand also hinter der Theke, direkt gegenüber der Eingangstür, die man von außen treppab erreichte. Links von mir war der Restaurantteil, alles noch in Plüsch und Tuntenbarock, rechts die Bar und die Sitznischen für Freier, die nach dem Essen zu einem anderen Tisch wechselten, um mit Jungs ins Geschäft zu kommen, und ganz rechts, am Ende der Bar, der größere Platz vor der Toilette mit der Musikbox und dahinter der Billardtisch, der Flipper und der Einarmige. Am Sonntag war wenig los. Die besten Tage im Spiegel waren Wochentage: Mittwoch, Donnerstag und Freitag. Am Samstag hingen die meisten Stricher in der Wiener Freiheit ab, dem Vereinslokal von der Alexis. Dort tanzten sie bei Balkanpop, kifften, und manche Freier, die wussten, dass die Jungs am Samstag dort tanzten, vor allem die türkischen Stricher, gingen dorthin und trieben zwischen ihnen herum wie Haie. Die Wiener Freiheit war nie als Stricherlokal konzipiert gewesen, am ehesten noch als Sammelbecken für die weniger Schönen und weniger Koketten, die auch irgendwohin ausgehen wollten. Die Freiheit war schlecht gelüftet, und spätestens ab Mitternacht war durch die schwache Belüftungsanlage die Luft im Discokeller so schlecht, dass die Feuchtigkeit die Wände nässte. Einer unserer Gäste, Franz, die Greißlerin, erzählte mir, dass Lucian von Zeit zu Zeit in die Wiener Freiheit ging, dort aber nicht hurte, sondern mit nacktem Oberkörper tanzte oder an der Bar saß und die Menschen in tiefste Verzweiflung stürzte. Ich glaube, dass alles hing mit seinem Vater zusammen. Vielleicht wollte Lucian das Gefühl, in nichts den Ansprüchen seines Vaters gerecht zu werden, an alle anderen weiterzugeben, um nicht daran zu ersticken. Ein Sadist war Lucian vielleicht nicht, aber ich glaube, dass ihm die verzweifelte Begierde, die er in den Herzen von Jungs und Männern säte, sehr gut gefiel. Und ich sage dir noch was: Er hat – und dafür gibt es Zeugen – manchmal Stunden darauf verwendet, jemand Hoffnungen zu machen, um ihn dann eiskalt lächelnd abzuservieren. Einmal wurde Lucian beobachtet, wie er nach einem derartigen Gefühlsmassaker die Nische verließ, und der junge Typ, der dort plötzlich vollkommen allein saß, Tränen in den Augen hatte. Doch Lucian ging nicht richtig weg, er strich um die Bar herum, setzte sich in eine dunkle Ecke und bestellte ein kleines Bier, trank und sah zu, wie der junge Kerl vor Verzweiflung ganz bitter wurde. Kann sein, dass das eine urbane Legende ist, weil es auf der anderen Seite mehr als genug Geschichten darüber gibt, dass Lucian auch mal den Samariter spielte und mit einem Mann gratis mitging und ihm den Fick seines Lebens spendierte. Oder dass er einen anderen Stricher tröstete, einen Serben, dessen Eltern dahintergekommen waren, wie ihr wundervoller Sohn die Kohle herbeischaffte, und ihm mit Todesdrohungen aus der Wohnung geworfen hatten. In der

Szene war er so etwas wie dieser komische schillernde Planet in dem Roman von Stanislaw Lem. Er löste Illusionen und Hoffnungen aus, veränderte die Stimmung, wo er hinkam, und zelebrierte einen seltsam verkopften Hedonismus, lustvoll, aber nicht dumm, erotisch, aber nie billig. Er hatte, ein anderes Wort fällt mir nicht ein, er hatte Schwerkraft. Er zog Träume an und Hoffnungen. Und ernährte sich davon. Das ist der Grund, warum ich ihn noch immer hasse. Obwohl er, um Shakespeare zu zitieren, tot und Lehm geworden ist. Man soll über Tote nichts Übles reden, ja. Aber ...

Ich wartete, dass die Keusche fortfuhr, doch sie schwieg, zog an der Zigarette und blies Rauch in den Himmel. Nach einer Weile, fast tonlos, sagte er, dass es einfach nicht fair sei, wenn jemand das Können und das Wollen in sich vereint, so tief in die geheimsten Keller der anderen einzusteigen, sie so sehr mit sich selbst zu schwängern, sodass für nichts anderes mehr Platz ist.

Ich habe eine Geschichte über Lucian für mich behalten. Es gibt nur drei Leute, nein, nur noch zwei, die sie erzählen können. Friedrich Kling und ich. Es ist eine kurze Geschichte, und sie zeigt ein Bild von Lucian, das ich stets von mir fernhielt, weil es nicht dem entsprach, das ich mir von ihm gemacht hatte, von ihm haben *wollte*. Weißt du, die Geschichte zeigt, dass Lucian sich selbst verschwenden konnte. Dass es vielleicht sogar seine Natur war, sich zu verschwenden, so wie die Natur selbst verschwenderisch ist. Es war etwa ein Jahr vor seiner Ermordung, als alles seinen gewohnten Gang ging und alles deshalb langweilig und stumpf war. Es gab keine neuen Lokale, die Stricher und die Freier bewegten sich wie auf der Drehscheibe einer riesengroßen Bühne, Lucian ging anschaffen, tanzte mit nacktem Oberkörper Salsa auf dem Billardtisch und ließ sich Champagner in den Mund spucken. Er versprühte Liebe und Lust, und ich war wütend auf ihn, weil er in mir dieses entsetzliche Gefühl bewirkte, die vollkommene Hilflosigkeit, mit der ich meinen heiligen Frieden infrage stellte. Dann kam an einem Freitag oder Samstag Anfang März jenes Jahres ein Gast wieder zu uns, den ich schon seit vielen Jahren nicht mehr gesehen hatte. Sein Name ist Friedrich Kling. Damals war er etwa fünfundvierzig Jahre alt, und als er die Szene verließ, war er nicht allein. Er hatte sich mit einem in die Jahre gekommenen Stricher angefreundet. In die Jahre gekommen war gut. Mario war etwa fünfundzwanzig Jahre alt und hatte einen väterlichen Freund gesucht, einen Ausweg aus dem Teufelskreis aus Saufen, Drogen, Nächte durchmachen und Freier suchen. Wir machten uns über diese Liaison lustig. Was wir dachten, was wir redeten, es war Neid. Wir redeten die Beziehung schlecht, weil wir gesehen hatten, dass sie wahrhaftig war. Friedrich war Steinmetzmeister oder so, hatte ein Haus im Burgenland, ich glaube irgendwo bei Piringsdorf, ganz viel Landschaft jedenfalls. Interessant scheint mir, dass die beiden Männer in diesem großen Haus lebten, in dieser konservativen, altmodischen und katholisch verbrämten Gesellschaft und keine Schwierigkeiten bekamen.

Friedrich war ein schweigsamer Mann mit einfachen und starken Gefühlen. Er war das, was Mario brauchte, unter dessen einsetzender Verlebtheit man den schönen Jungen noch immer erkennen konnte. Die beiden funktionierten miteinander, als wäre eine Münze wieder zusammengesetzt, die vor Ewigkeiten zerbrochen worden war. Dann starb Mario. Ein betrunkener Unfall nach einem Kirtag in der Gemeinde. Zwei oder drei Monate nach dem Tod seines Lebensgefährten kam Friedrich wieder ins Lokal, setzte sich allein an einen Tisch und bestellte ein Wiener Schnitzel mit Rahmgurkensalat und trank drei Krügel Bier. Ging wieder, kam auch am nächsten Wochenende, aß wieder Schnitzel, trank Bier, sprach mit niemand und ging wieder. Das ging so den ganzen März. Dann, am ersten Wochenende im April, als sich seine schweigsame Anwesenheit schon herumgesprochen und die Stricher zur Kenntnis genommen hatten, dass bei dem traurigen Mann nichts zu holen war, erwachte Lucians Interesse an diesem schwierigen Fall. Friedrich war ein sehr untypischer Schwuler. Ein Bauarbeitertyp, sehr herb, sehr männlich, sehr unmodisch. Kein bisschen feminin, hatte fast was von Clint Eastwood. War nur nicht so groß und nicht so präsent wie der Schauspieler. Es kam, was kommen musste, und ich hätte es mir eigentlich denken können, dass solche Männer, die sich in Lucians Wohlfühlzone so untypisch benahmen, irgendwann von ihm angesprochen werden *mussten*. Lucian ging eines Nachts einfach zum Tisch, an dem Friedrich saß und gerade den Teller von sich schob, stellte sein Bier ab, fragte, Darf ich, und nahm Platz, ohne auf eine Antwort zu warten. Dann redeten sie. Ich hatte an dem Abend alle Hände voll zu tun, um zwei besoffene Jungs, die sich prügeln wollten, auseinanderzuhalten und die Bar zu schmeißen, aber wenn ich über die Theke zu dem Tisch blickte, unterhielten sie sich angeregt, und irgendwann hatte Friedrich dann seine Hand auf Lucians Schenkel. Obwohl ich es geahnt hatte, war ich dann doch erstaunt, dass sie gemeinsam rausgingen. Friedrich zahlte auch Lucians Zeche, und für mich war das alles normal und gut so. Am Montag drauf kam Lucian wieder in den Spiegel und benahm sich wie immer, irgendwas zwischen netter Junge von nebenan, Diva und Femme fatal. Er sprach kein Wort darüber, was sich am Wochenende zugetragen hatte. Eine Woche später kam Friedrich wieder ins Lokal, bestellte sein Schnitzel, trank sein Bier, und beim dritten Glas setzte ich mich zu ihm, erinnerte ihn daran, dass ich Mario gekannt hatte. Wir redeten über ihn und über ihr gemeinsames Leben da draußen am Land, und Friedrich erzählte mir, wie Mario gestorben war. Dass er dann einige Zeit gebraucht hatte, wieder im Leben Fuß zu fassen, und dass er an den Wochenenden in die Stadt kam, um unter Leuten zu sein, auch wenn er sich anfangs nicht in der Lage fühlte, am gesellschaftlichen Leben teilzunehmen. Er versuchte, die Einsamkeit, die in dem Loch nistete, das Marios Tod in sein Leben geschlagen hatte, mit Unternehmungen anzufüllen. Er kam in die Stadt, ging ins Kino, besuchte Konzerte oder fuhr ins Gebirge, Rax oder

Schneeberg oder rüber zum Dachstein, stand auf steilen Felsrücken und fragte sich, ob er den einen großen Schritt nach vorne tun sollte. Und weil ich nicht anders konnte, fragte ich ihn unter einem dummen Vorwand nach dem letzten Wochenende. Ein anderer Gast würde sich für Lucian interessieren, und deshalb würde ich fragen. Versonnen, wirklich versonnen lächelte mich Friedrich an und antwortete, dass es sehr schön gewesen sei. Im Grunde genommen sogar bezaubernd. Als sie das Lokal verlassen hatten, ließ Friedrich Lucian entscheiden, ob sie in ein Hotel gehen oder ob sie zu ihm raus aufs Land fahren wollten.

Ich habe Lucian erzählt, dass ich Witwer sei und dass ich keine Übung hätte, mit Jungs was zu machen. Und dass ich nicht sicher sei, ob ich überhaupt was zustande brächte. Mir ginge es in erster Linie darum, nicht allein zu sein, jemanden bei mir im Bett zu haben, dessen Wärme und Atem ich spüren kann. Lucian sagte daraufhin, dass es dann wohl besser sei, zu ihm, zu Friedrich rauszufahren, damit er sich dort in vertrauter Umgebung leichter entspannen konnte. Darauf erwiderte ich, dass ich nicht sicher bin, ob ich ihm mehr zahlen könne als fünfzig Euro.

Friedrich lächelte mich nachdenklich an, und da dachte ich, Lucian hätte abgewunken, und machte ein verständnisvoll trauriges Gesicht, aber Friedrich lächelte und fuhr fort, Lucian hätte breit grinsend genickt und gesagt, Lass stecken. Ich kümmere mich um dich. Wir fuhren mit meinem Auto raus nach Piringsdorf, erzählte Friedrich weiter. Wir tranken und redeten, und ich werde dir nichts darüber erzählen, was wir taten, als es so weit war. Geht dich nichts an, entschuldige. Doch, eins kann ich dir sagen. Was Lucian auch tat, nachdem er erst einmal nackt war, das tat er mit voller Aufmerksamkeit und unauffälliger Umsicht. Er führte, und das tat er sehr elegant. Dann lagen wir im Bett und er sagte nur, wie gut es ihm gefiel, dass es hier so friedlich war. Wir schliefen ein, und irgendwann, als es schon hell wurde, wachte ich kurz auf. Lucian lag in meinen Armen, als ob das vollkommen selbstverständlich für ihn war. Sein Haar roch nach dem Duschgel, das er in meinem Bad verwendet hatte, bevor wir ins Bett gegangen waren. Und jetzt lag er in meinen Armen, mit vollkommenem Vertrauen, und schnarchte fast unhörbar. Zwischendurch wachte er auf, und ich wagte es nicht, mich zu bewegen, musste ihn aber fragen, Warum bist du so? Warum bist du so freigiebig mit allem? Lucian gähnte, sah mich durch schmale Augenschlitze an wie eine Katze und antwortete, ich hätte diese uralte kubanische Trauer in meinem Blick, da sei er einfach schwach geworden. Er blieb bis Mittag bei mir und wollte am Ende nicht mehr als das Geld für den Bus nach Wien. Selbstverständlich brachte ich ihn mit dem Auto in die Stadt. Er wollte beim Südbahnhof raus, um von dort mit der Schnellbahn nach Hause zu fahren, wie er sagte. Damit beendete Friedrich seinen kurzen und nur sehr oberflächlichen Bericht über seinen Sonntag mit Lucian.

Was ich dir damit sagen will, ich weiß es nicht. Eine weitere Facette Lucians vielleicht. Dass der Kapitalist, der Hedonist und der Kommunist in seinem Herzen gleichberechtigt waren. Was Friedrich mir an diesem Tisch erzählte, während er eine Zigarette rauchte, führte dazu, dass sich Lucan noch tiefer in mich bohrte wie ein Stachel, der von einem grausamen Daumen ins Fleisch getrieben wurde.

Noch etwas, sagte die Keusche, als ich schon dachte, dass die Audienz beendet sei. Marcel kam an jenem Abend zu mir an die Bar und sagte, er hätte Sorgen wegen Lucian und Daniel und wegen dem Grauen aus München. Ich wusste sofort, wovon er sprach, wiegelte aber ab und sagte, er solle sich nicht anscheißen. Vielleicht sei der Graue nur so 'ne Art Dominus, der Lucian mal die Leviten liest. Du, sagte ich zu dem Jungen, vielleicht taugt ihm das ja auch mal? So ganz frei von Sadomaso ist der Lucian sowieso nicht, hm? Sagte zu Marcel, Du würdest ihn schon mal gerne vor Leidenschaft und Schmerzen wimmern hören, was?

Was soll ich dir sagen? Der Junge verzog den Mund, wurde knallrot und trollte sich mit gesenktem Kopf nach hinten. Er hatte auch das Getratsche gehört, dass der Graue Lucian wehtun wollte. Es ist Unsinn, jetzt darüber nachzudenken, ob wir es hätten verhindern können. Hätten wir es können? Bei so vielen, die wussten, dass irgendetwas geschehen würde? Keine Ahnung.

Diese Bemerkungen schrieb ich in meinen kleinen Moleskine, den ich für genau diese Zwecke mithatte. Denn ich wollte nicht nur über den seltsamen Tod von Lucian Ortiz schreiben, sondern auch darüber, was nach seinem Tod in den Herzen von denen, die ihn kannten, für ihn geblieben war.

Diese Erinnerungen an Solaris, könnte man sagen.

Den Gaukler betrügen

Wenn du mich fragst, ob es mir leidtut, jetzt, nach fünfzehn Jahren, dann sage ich: Ja, es tut mir leid. Lucian zu töten, war die Art von Selbstbetrug, die man auch mit Drogen durchexerzieren kann. Sterben wollte ich, noch in derselben Nacht, mich hinlegen und im Straßengraben verrecken, mir selbst ein Messer in den Bauch rammen, weil ich es nicht anders verdient hatte! Wieder und wieder! Ich will keine Schuld auf den Mann abwälzen, aber bitte berücksichtige bei allem, was du noch notieren willst, dass ich damals neunzehn Jahre alt war, wütend, enttäuscht und in einer giftigen Hassliebe zu Lucian verstrickt. Noch mal, nichts davon entschuldigt, was ich getan habe, und vor allem, nichts davon entschuldigt, wie ich es getan habe. Mit welchem Hass und mit wie viel Hitze und Wahn. Als ich es tat, brannte ich, und dieser Brand in mir lässt sich nicht nur mit Drogen und Alkohol begründen. Ich war Feuer und Flamme dafür, Lucian zu ... Mord ist nicht das Wort, das ich damals dafür hatte. Ich hatte gar kein Wort, keinen Begriff dafür, was wir zu tun planten. Am ehesten trifft es noch, wenn ich sage, wir wollten ihn belehren – ich wollte ihn belehren. Bestrafen vielleicht auch. Ja, bestrafen für die Verheerungen, die er in meiner Seele anrichtete, einfach nur indem er da war und atmete.

Die Woche vor der Parade war eine schwerfällige und ungute Woche. Es war beschissen heiß, drückend schwül, und es zeichnete sich kein Gewitter ab, kein Hauch Abkühlung. Es war so heiß, dass der Teer pickig wurde und die Leute nicht einmal mehr Lust hatten, ins Freibad zu gehen. Mein Vater war vollkommen in seinem nach Bier stinkenden Wahn aus Wut und Vorurteilen versunken und schrieb mörderisch wütende Leserbriefe an die Redaktion der größten Tageszeitung Österreichs, die zum Teil auch veröffentlicht wurden. Wenn er mich überhaupt wahrnahm, dann wie einen Geist, den er halb fürchtete und halb verabscheute. Mutter hatte sich in ihre Fernsehserien vergraben und ging nur noch aus dem Haus, wenn mein Vater fluchte, dass nichts im Kühlschrank sei, und ich ging, sooft ich konnte, weg. In die Szene, trieb mich in der Stadt rum, suchte Lucians Nähe, um an seinem Gift zu leiden. In der Woche vor der Parade war er einige Male weder im Spiegel oder in der Boyzone noch an einem der Orte, wo man üblicherweise anschaffen gehen konnte. Wusstest du übrigens, dass Lucian das Freiluftanschaffen, so nannte er das, dass er das mehr mochte, als im Spiegel oder in der Boyzone herumzuhängen? Er mochte das diskrete Spiel um Anbahnung, Signale setzen, Herumstreifen und Beute machen. Er sagte, Ich mache heute wieder einen auf Tadzio. Das verstand ich damals nicht. Als ich ihn mal fragte, wie er das meinte, sagte er bloß, schau dir den Tod in Venedig an. Als er wieder auftauchte und der Mann ihn ansah, so wie sie alle Lucian ansahen, wie eine Offenbarung, wie eine verfickte Lichtgestalt, da fiel mir auf, dass der Fremde in den letzten Tagen drei- oder viermal im Spiegel gewesen war, sich aber sehr geschickt im Hintergrund gehalten hatte. An den Abenden, an denen Lucian zu Hause geblieben war, um sich auf Prüfungen vorzubereiten. Er gefiel mir. Er war groß, gepflegt und schlank, hatte einen silbergrauen Wochenbart und kurze, gepflegte Haare, auch silbergrau. Er trug gebügelte Jeans und einen schwarzen Pullover, der wirklich teuer aussah. Kam ein wenig rüber wie eine schlankere Ausgabe von Ernest Hemingway. Im Spiegel konnte man damals noch rauchen, obwohl die Regierung dieses saublöde Rauchverbot durchgesetzt hatte. Die Klimaanlage packte den Qualm nicht, und deshalb ließen sie die Eingangstür offen und ganz hinten, beim Billardtisch, den Notausgang, sodass es durchziehen konnte. Da das Lokal ein wenig unter Straßenniveau lag, gab es auch nicht allzu viele Passanten, die vorbeigingen und durchs Scherengitter des Notausgangs ins Lokal starrten, um Schwule zu sehen. Die alte Ottilie hatte da mal ein junges Heteropaar angefahren und geschrien, Ja, das ist ein schwules Lokal! Da sind lauter Schwule, die haben zu kurze Arme, deshalb können sie nicht wichsen und müssen sich deswegen in den Arsch ficken lassen!

Jedenfalls war die Luft dadurch atembar, aber es war stinkheiß. Lucian trug eine hautenge Röhrenjeans und ein enges, weißes Tanktop, das ihm wegen der feuchten Luft auf der Haut klebte. Er war ziemlich gut drauf, und ich hatte mich für eine Weile von den anderen zurückgezogen, um in einer Sitznische ein Schnitzel zu essen. Der Mann saß an der Bar, trank Bier und plauderte mit der Keuschen. Keine Ahnung, worum es ging, aber ich bekam sehr wohl mit, dass er sich ab und zu nach mir umdrehte und mich musterte. Zumindest so lange, bis er Lucian sah. Dachte ich gerade noch, ich hätte ein Geschäft in der Tasche, und zwar mit einem recht gut aussehenden Typ, wandte er sich demonstrativ Lucian zu und beobachtete ihn sorgfältig. Dann wieder sah er zu mir, und ich schätze, ich habe einige Male nicht überzuckert, dass er mich ansah und das Interesse an mir verlor, weil ich wütend dreinschaute und mein Schnitzel aß und absolut keine Lust mehr darauf hatte, mit ihm oder irgendeinem anderen Kerl ein Geschäft zu machen. Lucian badete im Licht der Aufmerksamkeit des Mannes, und es machte mich wieder einmal vollkommen irre, dass er und ich, was Kunden betraf, den gleichen Geschmack hatten. Mit den Mitteln der Gefängnispsychologie würde ich sagen, wir suchten beide nach Männern, die uns Väter und Liebhaber sein sollten. Gutaussehende, männliche Männer, die großzügig und wohlhabend waren und uns mit Respekt und großer Freundlichkeit behandelten. Damals hatte ich nicht die Begriffe dafür, doch mir genügte mein Bauchgefühl, dass Lucian und ich das gleiche Beuteschema hatten und aus welchen Gründen auch immer die gleichen Freier anzogen, obwohl wir äußerlich sehr unterschiedlich waren. Ich, siehst du ja, blond und blauäugig, Luca schwarzhaarig mit braunen Augen und dem Indiogesicht. Vielleicht waren wir verkappte Inzestler, verstehst du? Tschuldige, wenn ich lache. Lucian konnte sich von diesen Vatertypen ficken lassen, dass es ihnen mit Tränen in den Augen kam, vollkommen überwältigt davon, in diese Perfektion eindringen zu dürfen, und ich war, was das betraf, ja auch nicht schlecht. Bei den anderen Freiern versuchten wir beide, ums Geficktwerden rumzukommen. Wie die meisten Stricher standen wir drauf, wenig zu leisten und viel zu bekommen, und Freier, die uns die Schwänze lutschten und unseren Samen schluckten, den Schwanz sauber leckten, zahlten und gingen, waren uns am liebsten.

An diesem Abend beobachtete der Mann Lucian, und später, als ich nach dem Essen schon beim dritten Bier angekommen war, schwenkte seine Aufmerksamkeit von Lucian zu mir zurück, er nahm das Glas, rutschte vom Barhocker und setzte sich an meinen Tisch. Wie ich darauf reagieren sollte, wusste ich in dem Moment nicht genau, aber ich versuchte es zuerst einmal mit der Angepisster-Stricher-will-seine-Ruhe-haben-Tour. Er reagierte ziemlich lässig, trank, sah mich von der Seite an, und ich fühlte mich von Moment zu Moment weniger angesäuert und sogar ziemlich wohl. Er hatte eine Art, einen anzusehen, die umfassend war. Er sah mich wirklich, verstehst du? Von ihm kam das schöne Gefühl, dass er mir seine ganze Aufmerksamkeit schenken wollte und ich nur ein winziges Zeichen zu senden hatte, um sie zu erhalten. Ich sagte in etwa, Du, wenn wir reden wollen, würde ich mich über ein

Bier freuen. Reden macht durstig. Seine Hand fuhr lässig auf halbe Höhe, um Wolfgang ein Zeichen zu geben. Damals arbeitete noch Wolfgang an den Tischen, und im Nu waren zwei neue Krügel bestellt. Ich weiß auch noch, dass der Mann nach Issey Miyake roch. Ich mochte den Duft und ich mochte, was der Geruch, die Anwesenheit des Mannes und seine Aufmerksamkeit, in mir auslösten. Wollte auf einmal ganz dringend mit ihm ein Geschäft machen und von ihm so wahrgenommen werden, wie Lucian von den meisten seiner Freier wahrgenommen wurde. Wir tranken noch jeder zwei oder drei Bier, dann lud er mich auf die Toilette ein, um dort einen Joint zu rauchen. Und ich kann dir sagen, das war höllisch guter Stoff. Ich fühlte mich so warm, geborgen und wohl, und seine aufmerksamen Blicke waren wie sanfte, forschende Hände. So wollte ich mich eigentlich nicht fühlen, weil ich mir damals selbst einredete, nur geldschwul zu sein. Ich hatte keine Erfahrung mit Mädchen, außer ein bisschen Herumzüngeln und Finger reinschieben und greifen und greifen lassen. Aber irgendwie behagte mir der Gedanke nicht, ein Mädchen mit langen, lackierten Fingernägeln würde meinen Schwanz hochmassieren und die empfindliche Haut des Sacks kratzen. Für mich war mein Mangel an Interesse Frauen gegenüber mit einem Mangel an Gelegenheiten leicht erklärt. Ich hatte als hochbeschäftigter Stricher einfach keine Zeit, eine Beziehung mit einem Mädchen einzugehen. Was ich an Zärtlichkeiten brauchte, bekam ich von Männern, und das war okay für mich, weil ich, wie gesagt, geldschwul war. Diesen Trick, mit dem ich mich selbst beschiss, hat der Mann wohl als Erstes durchschaut, und er gab mir das Gefühl, dass alles in bester Ordnung sei, so wie es ist, und dass ich mir keine Gedanken darüber machen soll, wie ich bei anderen ankomme, ob ich hetero, schwul oder bi bin. Es ist alles okay, solange ich einfach mein Leben lebe und den Weg nicht aus den Augen verliere. Er flüsterte mir das alles ins Ohr, als wir angezogen, Schulter an Schulter auf dem Scheißhaus waren und kifften und den Rauch zur verdreckten Lüftung hoch bliesen. Da wollte ich ihn zum ersten Mal küssen. Wir hatten keinen Preis ausgemacht und noch nicht einmal darüber gesprochen, überhaupt etwas zu machen, aber ich wusste, dass ich mit dem Mann mitgehen wollte, weil mir vermutlich in dieser und vielleicht auch in den kommenden hundert Nächten nichts Besseres passieren würde als er. Seine Überzeugungskraft war bemerkenswert. Im Gefängnis habe ich später versucht, einen Mann zu finden, der ebenso natürlich Anführer war wie Ernest Rodmann. Ich habe nie einen gefunden, der ihm auch nur annähernd das Wasser reichen konnte. Narren und Verschwörer habe ich gefunden. Trottel vor dem Herren! Brutalos ohne jedes Geschick. Ist bitter, aber mir blieb nichts anderes, als mich dem, der am wenigsten brutal war, unterzuordnen. Zwei Wochen, nachdem ich ins Gefängnis gekommen war, wussten alle, dass ich draußen ein Strichjunge gewesen war. Die eine Hälfte machte mir Avancen, die andere Hälfte wollte mich demütigen und brechen, umbringen und vergewaltigen, egal in welcher Reihenfolge. Ramasan, mein türkischer Stecher und Beschützer, dachte, ich würde im Bett unter ihm weinen, weil ich so glücklich war, dass er mich nahm wie eine billige Nutte und mir das Blut aus dem Arsch fickte. In Wirklichkeit weinte ich fast jede Nacht, weil ich dem größten Betrüger aufgesessen war, der je das Licht der Welt erblickt hatte. Weil ich der Methode des Betrügers vollkommen verfallen war, und selbst in der Zelle, mit dem behaarten Kerl auf und in mir, noch immer dachte, er hätte mich verstanden, und das, was er verstanden hatte, mit Liebe berührt. Als ich mich im Gefängnis der Religion annäherte, kam ich in Gesprächen mit dem Gefängnispfarrer zu der Überzeugung, dass Rodmann eine Version von Luzifer war. Wenn man es nüchtern betrachtet, war ich für seine letzte große Fantasie nur ein Dildo, den er mit größter Sorgfalt behandelte, um ihn möglichst tief in den Arsch zu rammen, um den es ihm wirklich ging. Und fünfzehn Jahre hat es gedauert, bis ich zumindest aus dem Arschloch des Lebens rausfand. Wie du siehst, bin ich nun heraußen. Aber noch immer stinke ich nach der Scheiße, in die ich mich so glückselig hab' schieben lassen.

Er stieg auf meinen Kuss ein, so als ob er mir einen Gefallen tun würde, als ob ich der Eroberer wäre, dem er sich hingab. Das war ein merkwürdiges Kokettieren mit Aktiv und Passiv, Geben und Nehmen, Herrschen und Beherrschen. Nach dem Joint und den Küssen und nichts weiter, tranken wir draußen am Tisch unser Bier, er zahlte, und dann verließen wir das Lokal. Beiläufig schaute er noch einmal nach hinten zum Billardtisch, wo Lucian und Hamid standen und beide auf einen Freier einredeten, doch sein Blick war prüfend und kalt. Mir gefiel das. Sogar sehr gut. Er sah Lucian an wie ein Stück Fleisch, das er aufhacken wollte, um es zu erforschen oder um es zu töten. Vielleicht war es auch einfach nur ein Abschätzen oder so. Keine Ahnung. Zumindest hatte ich damals keinen blassen Schimmer.

Wir nahmen ein Taxi in den ersten Bezirk zum Hotel Radisson, wo er sein Zimmer hatte, marschierten am Nachtportier vorbei und fuhren rauf in die, was weiß ich, dritte Etage oder so. Er bewohnte eine Suite, und ich dachte nur: Jackpot, Alter. Ernest war der vollendete Gastgeber, half mir, als ich das T-Shirt auszog, strich mit den Fingerspitzen über meinen Oberkörper, dann ließ er ab, ging zum Tischtelefon und bestellte zwei Flaschen Sekt und Brötchen und Kaviar. Gut, wir tranken Sekt und noch mehr Sekt, und er naschte Kaviar aus meinem Bauchnabel, und ich wurde irre. Er verführte mich dazu, mich von ihm ficken zu lassen – ich meine, das hatte ich sowieso vor, aber er brachte mich dazu, es nicht nur zu wollen, sondern mich danach zu verzehren. Der Sex war elektrisch, es summte und zog, dass es mich mit einer verheerenden Vision der Einsamkeit füllte, mit dem Wissen, dass mir nach diesem Sex nur kalte Asche bleiben würde. Nachdem er in mir gekommen war – Safesex war's auch nicht –

lutschte er meinen Schwanz und zögert drei- oder viermal meinen Orgasmus hinaus, bis ich fast weinte und bettelte vor Gier, kommen zu können. Ich verbrannte in seinen Armen. Ich weiß, wie sich das für dich anhören muss, aber es war so. Ich hatte fünfzehn Jahre Zeit, darüber nachzudenken, wie er es geschafft hat, mich zu seinem Werkzeug zu machen. Jetzt weiß ich es. Das Gefühl, in kalter Asche und Schande zu leben, wird mich nie wieder verlassen. Deswegen rede ich mit dir. Deswegen erzähle ich dir alles. Vielleicht wird's dadurch für mich erträglicher.

Eine Beichte? Oh ja. Die tausendste. Im Gefängnis wurde ich gläubig, hab' ich ja schon angedeutet, aber ich fand nie zu Gott. So als ob er von einem wie mir nicht gesehen werden wollte. Wo immer ich Gott suchte, war nur kalte Wüste, eine Gefängniszelle und ein türkischer Schwanz, der mein Arschloch fickte, um mich als sein Eigentum zu markieren. Vielleicht zeigte Gott seine Gnade dadurch, dass ich im Gefängnis nie von anderen vergewaltigt oder verprügelt wurde und nur diesen einen zu ertragen hatte?

Nachher ruhten wir erschöpft nebeneinander, er hatte Koks auf einem Spiegel, der Spiegel lag auf dem Bett zwischen uns, und wir lächelten uns verklärt an, hingestreckt auf dem zerwühlten weißen Bettzeug. Das war der Himmel. Nebenbei, nachdem er seine Line gezogen hatte und mir den zusammengerollten Hunderter gab, sagte er, was er mir zahlen wollte, nämlich fünfhundert Euro, und damit war das Thema für ihn vom Tisch. Ich musste aufpassen, um nicht wie ein Vollidiot los zu grinsen, denn besser ging's ja echt nicht. Ich zog meine Line, schnupfte nach und ging ihm erneut an den Schwanz. Er drückte mich aufs Bett, hockte sich zwischen meine Beine und lutschte meinen Schwanz, zögerte meinen Orgasmus hinaus, bis ich ihn wieder hechelnd anbettelte, abspritzen zu dürfen, und er saugte mich aus wie ein Vampir und schluckte alles. Als wir dann endlich vollkommen erschöpft waren, dämmerte der Morgen, draußen war die Stille vor dem ersten Vogelschrei. Mir fielen die Augen zu, da fragte er mich, wer der Junge mit dem weißen Tanktop war, der im Spiegel hinten im Lokal beim Billardtisch herumtanzte. Okay, dachte ich, das war's. Er hat mir all den Scheiß hier vorgemacht, um an Lucian heranzukommen. Hat mir ganz schön die Eier gequetscht, mir Hoffnungen darauf gemacht, etwas Besonderes zu sein, voll die Nummer eins für ihn. Ich seufzte und antwortete, das sei Lucian, ein Kubaner, ginge auch auf den Strich, ist ein hübscher Kerl, nett und nicht falsch.

Doch, sagte der Mann, *doch*. Er ist falsch. Er ist ein Betrüger. Und du leidest darunter, weil du ihn gerne mögen würdest, aber nicht kannst, weil alles, was man an Gefühl und Freundschaft in ihn investiert, durch ihn mit Betrug und Falschheit verdorben wird. Du willst ihn lieben, und er ist nur Gift für dich. Ich sehe Menschen, beobachte sie und weiß so etwas, es offenbart sich mir. Er hat eine Wunde in dich geschlagen, aus der du noch immer blutest.

Deswegen habe ich dich nach ihm gefragt. Er ist das Zentrum all deiner Schmerzen. Ich habe dich wirklich sehr gern, so gern man jemand halt haben kann, den man gerade erst kennengelernt hat. Ich sehe, dass du leidest und dass du schon so lange leidest, dass es dir zum Alltag geworden ist, gegen den du dich nicht mehr wehrst.

Das ist es, dachte ich mit einem Gefühl knisternder, kristallener Klarheit. Er hat in zwei oder drei Sätzen zusammengefasst, was mich seit knapp zwei Jahren so intensiv beschäftigt.

Rodmann legte seinen Arm um mich, ich kuschelte mich an ihn, hatte vielleicht sogar Tränen in den Augen, weil ich an diesem frühen Morgen eine Offenbarung erlebt hatte, und schlief ein, während er weiter sprach. Leise, deutlich und gut verständlich. Das Erste, was er mir ins Ohr flüsterte, war:

Geh nicht gelassen in die gute Nacht. Brenn, Alter, rase, wenn die Dämmerung lauert, im Sterbelicht sei doppelt zornentfacht.

Erst viel später erfuhr ich, dass das die erste Strophe aus einem Gedicht von Dylan Thomas war.

Der Brief von Ortiz

Nach meinem Gespräch mit Daniel ging ich zu Fuß durch das spätsommerliche Wien zurück zum Hotel. Ich dachte darüber nach, warum ich ihm nicht erzählt hatte, dass ich für die Dauer meines Aufenthalts in Wien im selben Hotel abgestiegen war wie der Mörder von Lucian Ortiz. Es gab keinen Grund, zumindest sah ich keinen ernsthaften Anlass, ihm diese Information vorzuenthalten. Und doch hatte ich geschwiegen. Beim Empfang übergab mir der Portier einen A4-Umschlag. Nachdem ich mit dem Aufzug nach oben gefahren war und in meinem Zimmer die Kleider abgelegt hatte, setzte ich mich in Unterwäsche auf das frisch bezogene Bett, hielt das Kuvert in Händen und zögerte. Einige Leute wussten nun, dass ich in Wien war und Fragen stellte. Die meisten wussten nicht, warum ich sie stellte und wie ich die zusammengetragenen Informationen verwenden wollte, und ich zweifelte keinen Moment daran, dass es Leute gab, die diese bittere Angelegenheit von vor fünfzehn Jahren lieber in den Spinnweben der Nacht vergessen wussten als in den Händen eines unberechenbaren Fremden. Das Kuvert könnte eine Drohung beinhalten. Die Aufforderung, das Fragen einzustellen und zu verschwinden. Um mutiger ans Werk zu gehen, nahm ich eine Dose Bier aus der Minibar, riss sie auf, trank und stellte sie auf das lackierte Holz des Beistelltisches. Riss das Kuvert auf, nahm zwei A5-Kuverts heraus. Eines war mit Maschinenschrift an mich adressiert, das andere mit verblichener Tinte an Lucian Ortiz' Vater, den verehrten Herrn Botschaftssekretär der kubanischen Botschaft in Wien. Wer auch immer mir diese Post hatte zukommen lassen, hatte auf das Kuvert, das an mich gerichtet war, eine große 1 gemalt und einen Kreis herumgezogen. Das Kuvert, das mit Tintenschrift an den Botschaftssekretär adressiert war, wies eine mit dickem Filzstift aufgemalte 2 vor. Ebenfalls in einem Kreis. Das war eine deutliche Handlungsanweisung. Ein paar Atemzüge später faltete ich die Blätter auf, die aus einem Drucker stammten, ließ das Kuvert zu Boden fallen und begann zu lesen, nachdem ich einen großen Schluck Bier genommen hatte.

Verehrter Richard Grier,
Ihre Fragen zum Tod meines Sohnes vor fünf-
zehn Jahren haben mich veranlasst, mich den
schmerzhaften Erinnerungen zu stellen. Ich set-
ze Ihre Diskretion voraus, sofern sie nicht die
Wahrheit trübt. Denn das erwarte ich mir in
Wirklichkeit von Ihnen: So wie sie mir die Fragen
stellten, machten Sie auf mich den Eindruck, un-
sentimental und mit unverstelltem Blick über
den Mord schreiben zu wollen. Ihre Motive, über
Lucians Tod zu schreiben, mögen sich von all
meinen Motiven unterscheiden, darüber zu re-

den, ich zweifle jedoch nicht an Ihrer Aufrichtig-
keit. Sie waren Polizist, Herr Grier, und ich baue
darauf, dass Sie wissen, was richtig ist und was
falsch, und dass Sie danach handeln.

Doch gehen Sie bitte mit der Wahrheit behutsam
um. Nicht um jemanden zu schonen oder die Be-
teiligung an dem Verbrechen herunterzuspielen,
nein, gehen Sie mit der Wahrheit behutsam um,
damit Sie nicht zerstört wird. Nur wenig ist so
leicht zu zerstören wie die Wahrheit, und die
Zerstörung der Wahrheit beginnt oft schon allein
damit, dass man versucht, sie in Worte zu fas-
sen. Das Verstehen der Wahrheit durch Worte
ist in etwa so, wie das Fliegen eines Schmetter-
lings zu verstehen, in dem man ihn an den Flü-
geln packt. Der Schmetterling muss fliegen, denn
das ist seine Natur.

Ein mitreißender Teil von Lucians Wesen war,
dass er schallend lachen konnte und das auch zu
jeder passenden und unpassenden Gelegenheit
tat. Sein Lachen war ansteckend. Und wenn er
lachte und die Zähne zeigte und die Augen weit
aufriss, dann nahm ich ihn wahr und war stolz
darauf, sein Vater zu sein.

Ein paar Details, Fakten, wenn Sie so mögen. Lu-
cian ließ sich schon von Kindesbeinen an Luca
rufen. Die meisten Freunde im Kindergarten und

in der Volksschule riefen ihn Indio, weil er nun mal aussah wie ein Indio. Das ist das Erbe seiner Mutter, die ihrerseits chinesische Vorfahren auf Kuba hatte. Von mir hatte er, wie Sie sicher erkannt haben, seine dunkle Haut und die Haare.

Luca tanzte, sobald er stehen konnte und Musik hörte oder auch nur einen mit der Hand geschlagenen Takt. Er lernte für einen Kubaner erst spät schwimmen, nämlich kurz nach seinem dreizehnten Geburtstag im kleinen Becken des Wiener Schafbergbades. Als er die ersten Längen zwischen seiner Mutter und mir geschwommen war, stieß er die Fäuste in die Luft und schrie. Schluckte Wasser, hustete und spuckte Wasser, ließ sich nicht unterkriegen, er machte das Schwimmen zu einem Teil von sich. Seine wichtigste Sprache war Deutsch. Wir legten größten Wert darauf, dass er fließend deutsch sprach, um zu vermeiden, dass es zu Gerede kam. Aber er sprach auch fließend spanisch, also das kubanisierte Spanisch. Er mochte enge, an den Knien zerrissene Jeans und er legte viel Wert darauf, sich an mir zu reiben. Er suchte Streit mit mir und er erwartete, dass ich wie ein Erwachsener reagierte und sauer war und ihn scharf zurechtwies, damit ich in der Erfüllung der mir zugedachten Rolle seine Vorurteile bestätigte.

Aber wissen Sie was? Unter meinem verletzten Stolz, weil Luca sehr genau wusste, auf welche Knöpfe er drücken musste, unter der Wut, die ich ihm zeigte, war ich stolz auf ihn. Mir war wichtig, dass er sehr unabhängig werden würde, ich sah ihn als wildes Pferd an einem Strand, zugleich aber auch verletzlich und wütend eben wegen seiner Verletzlichkeit. Luca liebte Pistazien, er liebte Salsa, Son und Tanzen. Er liebte es, attraktiv zu sein. Er verabscheute es, sich erklären zu müssen. Er gehörte zu denen, die nachts am Lagerfeuer den Mond anheulen und der sich von den anderen entfernt, um zu weinen. Ich glaube, nein, ich weiß, dass Luca oft weinte, weil er von sich selbst und den Ansprüchen, die er an sich stellte, verwirrt war. Er schrieb absichtlich schlechte Noten in der Schule, weil er mit der Aufgabenstellung nicht einverstanden war, er meinte, man würde sie nicht nur zum Denken herausfordern, sondern auch danach streben, sie zu einer bestimmten Art zu denken zu führen, die er als elitär ablehnte. Er war ein Revolutionär. Er spürte Manipulation, selbst wenn sie noch in den Geburtswehen der reinen Idee verfangen war.
Luca mochte Treppen. Er mochte Sex, als er in das Alter kam, in dem Jungs Sex möchten, aber er wertete Erotik von Anfang an als Mittel zur

Sozialisierung. In diesem Sinne war er vermutlich kubanischer als seine Mutter oder ich. Gut singen konnte er. Heiser und etwas dreckig in der Stimme, aber sehr berührend. Wenn er Hijo de la luna sang, hatten wir Tränen in den Augen. Er mochte nicht, dass man ihn singen hörte, und er sang nur in der Badewanne. Wir saßen in der Küche, hörten ihm zu, sahen uns an und lächelten mit feuchten Wangen, weil so viel Leidenschaft in ihm war. Wenn man ihn bat, weiter zu singen, hörte er auf. Was Sie vielleicht nicht wissen: Seine sterblichen Überreste liegen auf dem Friedhof von Santiago de Cuba auf dem Hügel der Sternenkinder. Dort sind die Gräber jener Kinder, die bei oder vor der Geburt starben. Die Säuglingssterblichkeit auf Kuba ist seit je her sehr gering, und ich ließ meine Beziehungen spielen, um Lucian auf diesem Hügel einsegnen lassen zu können. Stürme fahren über sein Grab hinweg. Gewitterwolken, Blitze und strahlende Tage und vollkommene Sternennächte. Ich stelle mir vor, dass er das irgendwie weiß und aus dem Jenseits herüber lächelt. Ich liebte meinen Sohn, weil er schwierig war.

Warum ich Ihnen das schreibe? Wegen Ernest Rodmann. In dem Brief, der meinem Schreiben beiliegt, werden Sie erfahren, dass er Lucian als

Opfer auserkoren hatte, weil er ihn auf einem Video gesehen hatte, das in einer Wiener Diskothek gedreht worden war. Ich glaube, es war im Lutz. Schallend lachend. Agil wie ein Aal und zum Bersten voll mit Glück und Anmut. Sie werden diese Zeilen später in dem Brief lesen.

Der Brief, der Brief. Er ist ein unterschlagenes Beweisstück, könnte man sagen, aber als Ernest Rodmann ihn verfasste, saß er schon in seiner Gefängniszelle. Ich glaube auch nicht, dass der Inhalt des Briefes etwas am Urteil geändert hätte, und weil er Details enthielt, die ich nicht in der Öffentlichkeit wiederfinden wollte, allein schon, um meine Frau zu schonen, behielt ich das Schreiben für mich. Nun sind fünfzehn Jahre verstrichen, und der grausame Tod meines schönen Sohnes ist eine verheilte Wunde, die manchmal juckt und brennt und drückt. Was uns bleibt, ist die Wahrheit. Nach unserem Gespräch hoffe ich, in Ihnen einen Verbündeten gefunden zu haben.

Die Wahrheit, lieber Richard Grier, ist auf den Blättern im Kuvert Nummer 2.

Mit vertrauensvollen Grüßen,
Ortiz

In die Nacht

Ich hatte den zweiten Brief schon in der einen Hand gehalten und das Briefmesser in der anderen, zögerte aber so lange, ihn zu öffnen, bis mich endgültig der Mut verließ. Ohne zu wissen, was im Brief stand, vermutete ich, dass sein Inhalt für mich außergewöhnlich emotional herausfordernd sein würde, und davor schreckte ich im Moment noch zurück.

Am Sonntagabend traf ich Daniel um kurz vor halb neun Uhr abends im Spiegel wie abgemacht, wir setzten uns an einen Tisch in der Nähe des Billardtisches, und er bestellte für uns etwas zu Essen und Bier. Wir rauchten, nippten am Bier, und Daniel erzählte.

Der Plan sah vor, dass ich Lucian ansprach. Der Typ will mit uns beiden eine Nummer schieben. Du weißt schon, wir züngeln ein wenig rum, wichsen uns ab, und ich lutsche deine Brustwarzen oder so. Lucian tauchte gegen halb elf Uhr auf, und ich war auf verrückte Weise erleichtert, aber auch entsetzt, vielleicht weil es nun unausweichlich war, das zu tun, was wir uns vorgenommen hatten. Er trug eine schwarze, enge Röhrenjeans mit Rissen über den Knien, weiße Nike-Sportschuhe und ein stahlgraues T-

Shirt, das ihm irgendwie zu groß war. Zuerst ignorierte er uns, nickte nur sein verstrahltes Hallo in die Gegend, ohne wirklich jemand zu meinen, und drehte ein paar taxierende Runden um den Billardtisch, setzte sich an die Bar und plauderte ein paar Takte mit der Keuschen, bevor er lasziv vom Barhocker rutschte, dabei die Beine spreizte und zeigte, wie gut die enge Jeans gefüllt war, und zu uns kam wie ein Raubtier zur Beute. Wirbelte den Sessel herum, setzte sich rittlings drauf und legte die Unterarme auf die Lehne. Ernest tat so, als ob er überrascht war, und stieß mich unter dem Tisch an. Lucian roch nach seinem Parfum, und ich erinnerte mich daran, wie ich mich gefühlt hatte, als wir in der kühlen Hauseinfahrt, auf dem Weg zur Parade, diese kleine Pornoshow abgezogen hatten. Wie ich mich vor ihm ekelte und ihn gleichzeitig so unbedingt wollte und wie gut mir die Idee schmeckte, dabei zu sein, wenn er starb. Ich wollte seinen Blick sehen, wenn ihm klar wurde, dass er jetzt verrecken würde. Es war vielleicht so wie jugendliche Aufregung, bevor man mit einem selbstmörderischen Salto in ein unbekanntes Gewässer springt. Ich dachte nie daran, ein Verbrechen zu begehen, obwohl Ernest mich diesbezüglich vorbereitet hatte. Mord war ein Verbrechen. Es ist das ultimative Verbrechen. Doch dieses Wissen stand nicht im Vordergrund. Mein Hauptmotiv war, ihn dafür zu bestrafen, dass er Schuld trug an meinen Schmerzen, an meinem vernarbten Herz und dass er entlarvt worden war als Betrüger. Ein Seelendieb, eine Blume, die dort am schönsten blüht, wo sonst alles kalte Asche und Wind ist. Ein Parasit, der alles in Schutt verwandelt, um schön zu sein. Ich wollte ihn schluchzen und weinen sehen, zusammenbrechen, und ich wollte, dass er mich unter Tränen um Verzeihung bat, damit ich ihn endlich in die Arme nehmen und lieben konnte. Ihn lieben ohne Qual, weil er tot in meinen Armen lag.

Ernest hatte mir versichert, dass ich straffrei ausginge, denn er werde alle Schuld auf sich nehmen. Ich glaubte ihm, weil ich ihm glauben wollte. Das hatte er mir im Bett versprochen, als er mich nahm wie ein Vater seinen Sohn, das hatte er mir ins Ohr geflüstert, als er über mir war und ich selig war vor Glück und Wollen und Begierde, meine Hände in Lucians Blut zu tauchen, Ich nehme dich wie einen Sohn, der nichts anderes als meine Liebe verdient. Was hätte ich dem entgegensetzen können?

Es wurde voll im Lokal. Vorne in der Schlangengrube saßen die Alten und tranken billigen Wein, lästerten oder lobten hereinkommende Stricher und begrüßten andere Alte, die die Treppe herunterkamen. Die Keusche hatte alle Hände voll damit zu tun, den Gästen Tische zuzuweisen, mit Stammkunden zu scherzen, die Stricher im Zaum zu halten. Patrick und Hamid saßen kurz bei ihr an der Bar und quatschten. Da saß also Lucian bei uns am Tisch, Wolfgang kam vorbei, Lucian bestellte auch ein Bier, und wir unterhielten uns über die Parade, das Wetter und die Spinnweben der Nacht, in denen man sich manchmal verfangen kann, wenn die Dunkelheit mal wieder so richtig Spaß macht. Letzte Nacht waren zwei mädchenhafte bulgarische Stricher im Hinterzimmer der Boyzone demoliert worden, erzählte uns Lucian mit einem widerwärtig amüsierten Unterton, Totalschaden. Die Täter konnten unerkannt entkommen, und in der Szene wird vermutet, dass es keine Hiesigen waren, die die Jungs matschig geprügelt hatten, sondern irgendwelche Typen, die zum CSD nach Wien gekommen waren und die Chance genutzt hatten, jemand ungestraft die Fresse zu polieren, aber so richtig. Haben voll den Metzgerfüllsel fabriziert, ha! Die meisten angereisten Leute, die wegen der Regenbogenparade gekommen waren, blieben bis Sonntag. Deshalb war es in den meisten Lokalen ziemlich voll, viel Lärm, Rauch und Suff und Flirterei. Als Lucian redete, wurde mir erst bewusst, dass er Ernest schöne Augen machte. Nicht nur so, wie ein Stricher nun mal einen Freier anmacht. Mit seinen Blicken gab er zu verstehen, dass er für ihn merkbar weiter gehen würde als sonst üblich. Lucian hatte sehr sprechende Augen, und er verstand es, sie einzusetzen. Ernest klärte Lucian dann darüber auf, dass er Lust hatte, mit uns beiden gemeinsam ins absperrbare Separee zu gehen. Er würde gerne zusehen, wenn sich zwei hübsche Jungen küssten und zärtlich zueinander wären. Lucian zwinkerte mir zu, und ich dachte, während ich ihn freundlich angrinste, Du wirst sterben. Ausbluten wie eine abgestochene Sau. In meinen Armen. Für einen Moment war Lucian irritiert, vielleicht weil er das kalte Blut hinter meinem Grinsen gewittert hatte. Schüttelte den Kopf und fing sich schnell. Sagte zu Ernest, Klar, geht klar. Wir kennen uns. Bisschen rumzüngeln mit dem Blonden ist schon ganz okay, wenn du ordentlich zahlst. Fünfhundert Euro für jeden von Euch, raunte Ernest. Ich grinste dreckig, weil ich wusste, dass nur einer von uns mit Geld bezahlt werden würde. Ob ich in diesen Momenten vor der Tat so etwas wie Unsicherheit empfand? Vielleicht sogar den Schatten von Reue, der normalerweise erst nach der Tat kommt? Die letzten Tage mit Ernest waren zu gut gewesen. Er umsorgte mich mit Leidenschaft und begegnete mir auf Augenhöhe. Respekt war für ihn so selbstverständlich wie atmen, und meinen Schmerz zu thematisieren, schien ihm ein echtes Anliegen. Alles, was er sagte, was er schlussfolgerte, war folgerichtig, fühlte sich vollkommen richtig an. In den Tagen vor der Tat gab er mir massenhaft Drogen, die mich selbstsicher machten, wir tranken Champagner, aßen Kaviar und Lachs. Ich fühlte mich sexy, gewollt und verstanden. Mein Leiden sei eine tickende Uhr und Lucians Tod würde sie zum Schweigen bringen.

Ernest befasste sich schon in der Sitzecke ausgiebig mit Lucian, leckte seinen Hals, griff ihm zwischen die Beine und knetete seinen Schoß. Lucian griff zurück, ich spielte ein wenig mit Lucians Nippeln, darauf stand er wie wild, und Lucian griff mir zwischen die Beine, und wir hatten innerhalb einer Minute eine Riesenshow am Laufen. Die Keusche sah von der Bar aus zu, und andere Freier gingen scheinbar zufällig auf und ab und sahen zu, wie wir zwei mit dem gut aussehenden Kunden rummachten. Wir waren alle drei ziemlich durch den Wind, Ernest und ich ein wenig mehr als Lucian. Einerseits wegen unseres Plans und andererseits, weil wir verdammt gutes Kokain gezogen hatten, bevor wir hierher gegangen waren.

Dann stand Ernest als Erster auf und ging voraus zum Separee, dessen Eingang im Vorraum zu den Toiletten links lag. Im Gehen, sehr unauffällig und beinahe elegant, gab er mir eine Pille. Lucian überzuckerte das mit einem Blinzeln und sah Rodmann an so wie: Was soll denn das jetzt? Und ich? Zack, hatte auch Lucian eine Tablette in der Hand, warf sie ein und schluckte sie trocken.

Als Alfi vor vielen Jahren einen ungenutzten Lagerraum in dieses Separee umbauen ließ, war die Nutzung gratis und es gab links neben der Tür einen Tisch mit einer Schale, in die man Kleingeld für die Reinigung werfen konnte, was die Leute auch machten. Ein oder zwei Jahre später musste eine Tür eingebaut werden, durch die man direkt nach draußen konnte. Das war irgendeine feuerpolizeiliche Bestimmung. Jedenfalls war dann die Nutzung nicht mehr gratis und normalerweise zahlte man seine Rechnung, bevor man den Raum aufsuchte. Bei Stammstrichern und Stammfreiern wurde das lockerer gehandhabt. Wieder eine Saison später verschloss Alfi die Tür und stattete sie mit einem elektrischen Öffner aus, der nie funktioniert hat.

Das Fickzimmer war schwarz gestrichen, ziemlich kahl, und neben einem Sling gab es ein hartes Doppelbett, das mit Plastik belegt war, und eine Badewanne für Wasserspiele. Die Musik war drin gedämpft wie das Licht, die Tür fiel hinter uns ins Schloss. Wir spürten den Bass der Musik. Lucian schlängelte wie ein Aal in Ernests Armen und genoss die herausfordernde Zärtlichkeit des Mannes. Ich konnte an der Art, wie Lucian sich fallen ließ, sehen, dass er Ernest mochte und auf seine Art, ihn zu umschwärmen, total abfuhr. Ich schmiegte mich von hinten an Lucian, zog seinen Kopf an den Haaren zurück, um ihn zu küssen. Bruderkuss, Judaskuss, spuckte ihm in den Mund. Er ging voll ab. In dem Getümmel zog Lucian sich das Tanktop über den Kopf und warf es achtlos aufs plastikbezogene Bett, umarmte Ernest mit einer fast weihevollen Sehnsucht und stöhnte. Vielleicht liebte ich ihn aufrichtig in diesem kurzen Moment, als Lucian alle Masken fallen ließ und nur noch geliebt werden wollte. Jetzt küsste ihn Ernest mit geschlossenen Lidern, unvermittelt riss er die Augen auf und blinzelte mir zu. Alles wurde körperlich und knisternd und scharf, mir blieb nichts anderes, als mich von hinten an Lucian zu schmiegen, um seine warme, pochende Lebendigkeit Haut an Haut zu spüren, aufzunehmen wie er atmete, wie sich die Muskeln unter der Haut bewegten, wie mein sanftestes Reiben mit den Daumen an seinen Brustwarzen ihn erregte und erschaudern ließ. Da wünschte ich, wir würden einfach nur ficken. Ich wollte Lucian nehmen, in ihn eindringen und die Quelle seiner Lust sein. Doch ich war wie besessen von der Idee, Auslöser und Grund seines Todes zu sein, und um den Tod ganz und gar zu erleben, muss man zuerst das Leben auf die Spitze treiben – das hatte Rodmann zu mir gesagt, als wir an diesem Nachmittag träge im Bett seiner Hotelsuite lagen, Cola-

Rum tranken und uns ausmalten, wie viel Gerechtigkeit und Weisheit im Sterben Lucians gebündelt sein würde. Welche Erleuchtung.

Lucian erzitterte unter meinen Händen, die seinen flachen Bauch streichelten, hinaufwanderten zur rasierten Brust, um erneut an seinen Nippeln zu drehen. Rodmann nickte mir fast unmerklich zu.

Jetzt.

Der ungehörte Prophet

Im Hotelzimmer trug ich den Brief von Ernest Rodmann herum, ohne mich dazu durchringen zu können, ihn zu öffnen, und das fand ich inzwischen schon so lächerlich, dass ich den Drang verspürte, mich selbst auszulachen. Was ich aber nicht tat. Statt ihn zu öffnen, setzte ich mich an den Schreibtisch, nahm einige Papierbögen mit dem Wasserzeichen des Hotels, drehte die Mine aus dem Kugelschreiber und dachte nach. Nach allem, was ich bisher gehört hatte, wurde gerade dem Jüngsten der Gruppe am Abend des Verbrechens eine besonders tragische Rolle zugewiesen. Und darüber wollte ich schreiben, das wollte ich notieren, bevor die fatale, verzweifelte Stimmung, in der ich mich befand, die Flügel spreizte und mich verließ. Rechts neben dem Briefpapier lag das Kuvert mit Rodmanns Brief, und mir war, als läge eine Bombe auf dem Tisch.

Ich schrieb:
Von den Jungs, die damals diese seltsame kleine Bande bildeten, war Marcel der jüngste. Er stand nie im Mittelpunkt und war stets nur dabei, aber nie entscheidend. Marcel war sechzehn Jahre alt, klein und stämmig. Sein Vater war Serbe, seine Mutter Slowenin. Sechs Geschwister

hatte er, und von ihnen war Marcel der Älteste. Er war jeden Samstag dabei, wenn sein Vater vormittags ins Auto stieg und zum Hofer in der Heigerleinstraße im sechzehnten Bezirk fuhr, um den Familieneinkauf abzuwickeln. Marcel hatte seine Freier, zumeist Stammkunden, die auf seinen unbeholfenen, noch halb kindlichen Charme standen, den er mit einer völlig überzogenen Machoattitüde zu kaschieren versuchte. In die Stricherszene war Marcel mit fünfzehn Jahren gerutscht, als ihn ein Schulkamerad auf die Verdienstmöglichkeiten aufmerksam machte, Du machst die Augen zu, holst den Pimmel raus und lässt ihn dir blasen, leicht verdientes Geld, Alter. Sagst irgendetwas Pornofilmmäßiges wie, Yeah, lutsch mir den Schwanz, schluck, schluck meinen Boysamen, und Marcel hatte Erfolg. Er war kurz angebunden, entschied schnell, was er wollte, war billig und verließ den Spiegel an keinem Abend, an dem er dort war, unter drei Freiern. Seine Marke war: schnell, unkompliziert, voll auf Hetero und rotzfrech. Was Marcel gegen Lucian aufbrachte und ihn fast zum stillen Komplizen Daniels werden ließ, war der Vorfall bei einer kleinen Party in der Boyzone, einem Stricherlokal, das in jenem Jahr im März die Pforten schloss. Lucian war dort und Marcel und Patrick und Daniel. Das Lokal war steckvoll, auf der erhöhten Plattform tummelten sich Burschen aus Bulgarien, Rumänien und der Türkei und versuchten, sich gegenseitig die Freier abspenstig zu machen. Damals pendelten Freier und Stricher in ihren eigenen Gezeiten zwischen dem Spiegel, der

Boyzone, der Wiener Freiheit und dem Café Joy, wobei jedes dieser Lokale sein Stammpublikum hatte. Im Joy waren zum Beispiel meistens türkische Jungs, die zwischen Joy und Wiener Freiheit herum liefen, und den anderen Verkehrsknoten bildeten eben Der Spiegel und Boyzone. Es gab jede Menge Drogen, und der Prosecco floss in Strömen. Lucian und Patrick waren spendabel, und so verschwanden die Jungs immer wieder paarweise auf der Toilette, um eine Runde Koks zu ziehen. Marcel war ziemlich gut drauf und lachte dauernd und lehnte sich an Lucian. Zuerst vielleicht so, wie man sich an seinen besten Kumpel lehnte, aber als er dann eine halbe Extasy nahm, wurde er zaghaft zudringlich, so als ob er jetzt endlich dazu stehen könnte, schwul zu sein und nicht nur ein verzauberter Hetero, der aus Geschäftsgründen so tat als ob. Am Anfang stieg Lucian auch auf die Begehrlichkeiten ein und streichelte Marcels Haare, drückte ihn runter, sodass Marcel Lucians Schoß küssen konnte, was er auch ausgiebig und ein bisschen verschämt kichernd tat. Dann wollte er hochkommen und Lucian auf den Mund küssen, doch Lucian drehte den Kopf weg, und es wurde ein Kuss auf die Wange. Das war noch nicht so schlimm, auch weil Marcel nicht mitbekommen hatte, dass Lucian von einem Moment zum anderen ablehnend und kalt wurde. Eine Weile tranken sie weiter, rauchten eine Zigarette nach der anderen und lachten sich schlapp über die Hahnenkämpfe zwischen türkischen und bulgarischen Strichern. Und da versuchte Marcel noch einmal, Lucian mit Zunge zu küssen. Der drückte ihn mit empörtem Gesichtsausdruck weg, wischte sich mit dem Ärmel über den Mund und fauchte Marcel an, Geht's noch, Alter? Was willst du kleiner Stricharsch von mir? Hast du Geld? Dann zahl' wie alle anderen. Wenn nicht, dann lass den Scheiß! Ich suche mir meine Liebhaber selbst aus, und glaub' mir, du gehörst garantiert nicht dazu. Schau mal in den Spiegel. Kein Wunder, dass sie Zehneuroschwanz zu dir sagen!

Daniel und Patrick fuhren dazwischen, He, langsam, Indio, halt den Ball flach. Und du, reiß dich zusammen, du Drogentussi! Na echt, keifte Lucian sie an, schaut euch doch nur mal die Pickelstirn an, und von dem soll ich mir die Zunge in die Fresse schieben lassen? Drauf geschissen!

Marcel saß in der Ecke mit brennenden Augen und schniefte, und Daniel legte seinen Arm um ihn und drückte ihn an sich. Jetzt war Lucian beschämt, weil er seine drei Freunde gegen sich aufgebracht hatte. Die Spannung hielt ein paar Minuten, vielleicht zwei Zigaretten lang, dann stand Marcel auf und ging zur Toilette, um sich das Gesicht zu waschen und zu pissen. Lucian folgte ihm und wartete, bis Marcel fertig war, dann stellte er sich im Vorraum der Toilette vor ihn und drückte ihn sanft an die Wand, Wenn ich kokse, bin ich manchmal ein echtes Arschloch. Ich will aber nun mal nicht gleich und dann, wenn es ein anderer will, Zungenküsse. Ich muss in der Stimmung sein oder einer muss mir wirklich liegen. Und irgendwie bist du ja auch niedlich, kleiner Maurer. Marcel machte eine Lehre zum Maurer, und deshalb der Spitzname. Er hatte harte, kräftige Hände und einen klugen Blick. Für den Moment, fand Lucian wohl, musste das genügen. Er packte Marcels Handgelenke, hob seine Hände an und platzierte sie auf seiner Brust. Wenn du mich küssen willst, musst du zuerst meine Nippel anheizen. Das hab ich nie zu dir gesagt, verstanden?

Marcel, beschämt und frustriert wegen der gemeinen Zurückweisung, und doch unfähig, sich abzuwenden und zu gehen, schniefte, nickte und machte sich daran, Lucians Brustwarzen durchs T-Shirt zu reiben. Dann küssten sie sich. Es war, wie Marcel irgendwann später einmal zu Patrick sagen würde, der beste Kuss seines Lebens und damit auch der schrecklichste, weil er wusste, dass er nie wieder in seinem Leben einen solchen Kuss erleben würde. In diesen drei oder vier Minuten, in denen nur ihr hallendes Atmen zu hören war und die nassen Geräusche des Kusses und ihr hauchfeines Stöhnen, erfüllten Marcel mit heftiger, besitzergreifender Leidenschaft für Lucian, aber ebenso auch mit wütender Eifersucht, die durch die Mengen an Kokain, Speed, Extasy und Alkohol in eine sich verstärkende Feedbackschleife verwandelt wurde. Und das war auch bis zum Tag von Lucians Ermordung das vorherrschende Gefühlschaos in Marcels Herz. Wütende Eifersucht und besitzergreifende Liebe. Marcel konnte, in diesen Gefühlen verfangen, keine Trennlinie ziehen und empfand nur metallisch heiße Wut. Auf sich, auf Lucian, den Kuss und jeden Atemzug, den er ohne Aussicht auf einen weiteren tun musste.

Mit Daniel konnte er über alles reden. Über die Arbeit, die Einkaufsausflüge mit seinem Vater, über seine Verantwortung als ältestes Kind, über seine jüngeren Geschwister, über seine Lehre als Maurer und wie deplaziert er sich fühlte, als Handwerker, der schwul ist und anschaffen geht. Daniel hörte ihm zu, nickte an den richtigen Stellen und schenkte ihm Aufmerksamkeit und ein strahlendes Lächeln. Marcel hielt sich seit dem Kuss von Lucian fern, zumindest suchte er nicht seine Nähe und litt, wenn Lucian so nahe war, dass er ihn riechen konnte, spüren, wie Lucians Existenz die Luft bewegte. Daniel gab Marcel sogar ein wenig Zärtlichkeit, eine emotionale Nähe, die auch Berührungen zuließ, auch wenn diese nicht erotisch aufgeladen waren. Es waren unbefangene Umarmungen, Hiebe auf die Schulter, Küsschen auf die Wangen, auf die Lippen – natürlich nur dann, wenn sie sicher waren, nicht gesehen zu werden, oder wenn sie sicher waren, von den Richtigen gesehen zu werden, von Freiern, denen es taugte, gut aussehenden Jungen bei Zärtlichkeiten zuzuschauen. Und obwohl alle wussten, dass Patrick Daniels bester Freund war, nahmen die Freunde ihrer kleinen Clique zwanglos zur Kenntnis, dass Daniel sich um Marcel kümmerte.

Und Daniel konnte mit Marcel über alles reden. Er war sich der Verschwiegenheit seines jungen Freundes absolut sicher. Deshalb weihte er in einem vertrauensseligen Moment Marcel in den Plan ein, Lucian für seine Arroganz bluten zu lassen. Er sagte nicht direkt, er würde ihn ermorden oder dabei sein, wenn er ermordet würde, aber er stellte die Möglichkeit, dass Lucian sehr bald sterben würde, unmissverständlich in den Raum. Das geschah am Tag der Parade, als sie einander in der U-Bahnlinie U4 trafen, auf dem Weg zu Patricks Mutter, Madame Ilsebill. Marcel hatte schon zwei Joints intus, und Daniel kam gerade von der Wohnung seines älteren Bruders, von dem er fünf Gramm sauberes Kokain gekauft hatte. Sie zogen in der Herrentoilette der U-Bahnstation je eine Line, kicherten, schnupften und lachten noch mehr. Um den Toilettengeruch aus den Haaren zu kriegen, wie Marcel das nannte, blieben sie etwa eine Viertelstunde auf dem Mauerteil links vom Ausgang sitzen, betrachteten die Leute, die aus der Station strömten oder hineingingen, und schwiegen, brachten es aber nicht zustande, mit der dummen Kicherei aufzuhören. Dann sagte Daniel unvermittelt, Denkst du noch manchmal dran, wie Lucian dich in der Boyzone aufgemacht hat? Na ja, antwortete der Jüngere unangenehm berührt und versuchte, das Thema zu wechseln, in dem er auf ein sehr junges Mädchen zeigte, das hochschwanger war, Die hätte die Schenkel zusammenpressen sollen, ha ha.

Ich will nur, dass du weißt, dass er wie ein Rennwagen ist, der irgendwann mal gegen die Wand fährt. Und Lucian wird sehr bald gegen die Wand fahren. Er wird bluten müssen dafür, wie er mit den Menschen umgeht. Oder?

Wie meinst'n du das jetzt? Okay, war schon fies, wie er mich abgewimmelt hat wie einen verfickten Freier, der nicht zahlen kann und stinkt oder so, aber bluten?

Schnupf nicht so viel von dem weißen Zeugs, Alter. Voll die Maden im Hirn. Denkzettel wäre gut, dass er mal lernt, dass man mit Leuten nicht so umgeht, ja?

Na ja eh so, sagte Daniel, gab Marcel einen vom Kokain motivierten Kuss auf die Wange, stand auf und zog den Jungen hoch, Gehen wir, die anderen warten schon. Wir wollen ja nicht von Madame ausgepeitscht werden, oder?

Oder vielleicht doch, kicherte Marcel schrill. Klatsch, au, Herrin, *fester*!

Eigentlich wollte Marcel nach der Parade nach Hause fahren und ausstinken, wie er das nannte. Noch ein bisschen online zocken und dann ins Bett fallen. Es war gewittrige Luft auf der Parade, und als sie im McDonalds gegessen hatten, fühlte er sich ungeheuer bettschwer. Doch dann fiel die Entscheidung, auf die Donauinsel zu fahren und dort am Toten Grund zu übernachten. Lagerfeuer, Freunde, noch ein paar Bier und dann unter dem windgebürsteten Wolkenhimmel einpennen – Lucian konnte eindeutig poetisch und überzeugend sein. So stürzte also Marcels Plan, nach Hause zu fahren, in sich zusammen, und er suchte wieder Lucians Nähe, der inzwischen den künstlichen Backenbart abgenommen hatte und das Barett zusammengerollt in der rechten Schenkeltasche seiner schwarzen Militärhose trug. Auf solche Details achtete Marcel, der seinen Blick nicht von Lucians Schoß nehmen konnte. Weil die Schenkeltaschen, gefüllt mit allerhand Zeugs wie Marlboropäckchen, Taschentüchern, Bic-

Feuerzeug, die Hose spannten, passte sie überaus gut, und Lucian war sich dessen selbstverständlich bewusst. Seine kurzen, harten Seitenblicke zeigten, dass er Marcels Blick auf seinem Schoß spüren konnte.

Auf der Insel, am Lagerfeuer, das im starken, böigen Wind wild flackerte, erzählte Lucian eine kubanische Gruselgeschichte, die Marcel nicht verstand und von der er sich nur merkte, dass sie sich auf dem Sternenhügel des Friedhofs von Santiago de Cuba zutrug. Als es nichts mehr zu reden gab oder keiner mehr die Kraft hatte, irgendein Thema aufzubringen, räumten sie ihre Kleidung zusammen, gaben die Zigarettenstummel gleich neben der Feuerstelle auf einen Haufen und löschten das Feuer mit den Bierresten aus den Dosen. Hamid drehte die Schlussrunde und holte in einer leeren Dose Wasser aus der neuen Donau, um die letzten Glutnester in aufsteigenden Dampf zu verwandeln.

Er war schwer betrunken, als sie sich alle schließlich ermattet einer nach dem anderen auf der Wiese zusammenrollten und einschliefen. Marcel wollte unbedingt einschlafen, aber er wollte auch wach bleiben, denn dies könnte seine einzige echte Chance sein, sich einen Traum zu erfüllen. Der Morgen graute. Zuerst noch hatten Daniel und Lucian sich im Einschlafen aneinandergedrängt, doch dann drehte sich Lucian herum und lag auf dem Rücken, schnarchte leise, den rechten Unterarm auf der Stirn, die linke Hand weit abgespreizt im Gras. Sie bewegte sich im Schlaf, als ob sie etwas streicheln wollte. Marcel hatte

Angst, es könnte einer seiner Freunde aufwachen und ihn dabei sehen, wie er sich wirklich ungehörig verhielt. Darum wartete er noch zwanzig Minuten, während das Licht im Osten silbern wurde, dann drehte er sich langsam und lautlos herum und kroch zu Lucian. In seiner zitternden, übermüdeten und von Sehnsüchten getriebenen Annäherung hauchte er einen Kuss auf Lucians linken Fuß, auf den Fußrücken, leckte den großen Zeh. Dann kroch er weiter, langsam, langsam. Über seine Hüfte gebeugt verharrte er in kurzer Anbetung, atmete den Intimgeruch ein. Nach ein paar Momenten fasste er sich ein Herz, küsste Lucians Schwanz und gab dabei ein Geräusch von sich, das wie ein unterdrücktes Stöhnen klang. Seine Zungenspitze berührte für einen Hauch der Ewigkeit die Eichel des seitlich liegenden Glieds, dann wich er zurück, kroch auf seinen Platz, rollte sich zusammen und schlief ein, während der Wind an seinem Haar zog und der Morgen von Osten her über die Welt kam. In diesem Licht sahen sie aus, als wären sie in Aluminium gehüllt.

Die beiden Tage, der Tag der Parade und der folgende, den sie auf der Donauinsel verbrachten, in diesem gewitterschwangeren Licht, das einfach nicht niederkommen wollte, empfand Marcel wie aus dem Leben gehoben. Wie ein düsterer Urlaub vom Alltag. Gerade die vogelfreien Stunden auf der Donauinsel, auf dem warmen, trockenen Gras, sie alle nackt und völlig unbefangen, empfand er als wunderbar. Wie Hamid deklamierte: *Life is for deep kisses,*

strange adventures, midnight swim and rambling conversa-
tions. Als Daniel einmal alleine hinaus schwamm, langsam
und elegant, hechtete Marcel hinterher und kraulte ihm
nach. Wassertretend hielten sie sich an einer der Trennlei-
nen fest, die auf diesem Stück der neuen Donau eine von
vier Rudererbahnen markierte, und Marcel grinste Daniel
munter an. Müde grinste Daniel zurück, und im Licht der
Sonne, die für Momente zwischen den Wolken hervorkam
und einen Lichtfächer zur Erde schickte, sah Daniel wie
ein müder Engel aus, und Marcel konnte nicht anders, als
ihn zu küssen. Seine Lippen schmeckten nach Wasser, Luft
und einer langen Nacht, doch das machte Marcel nichts,
der einfach nur atemlos glücklich war. Noch einen Augen-
blick lang sahen sie sich an, dann zerbrach Daniel den
Moment und machte sich auf den Rückweg. Dabei orakelte
er heiser, Heute Nacht werden wir sehen, ob Lucian innen
aus Licht gemacht ist oder aus Blut wie alle Menschen.
Weil er nicht abschätzen konnte, ob Daniel das ernst
meinte oder nur einen merkwürdigen, poetisch klingenden
Scherz machte, kicherte Marcel heiser und kraulte kraft-
voll zum Ufer und ging neben Daniel über die Steintreppe
hinauf zum Radweg. Das war am späten Nachmittag, kurz
bevor sie aufbrachen. Inzwischen waren viele nackte Männer hier. Dick und dünn, jung und alt, wüst gepierct und
bunt tätowiert. Manche lässig und entspannt, andere ewig
auf der Suche, immer auf der Jagd. Einer ging vorbei, mit
langen grauen dünnen Haaren und einem sehr dicken

Chromring durch die Eichel seines dünnen Schwanzes. Marcel griff sich kichernd in den Schritt, Au!

Was auf dem Weg in die Stadt ausgetauscht wurde, die Blödeleien und Verabredungen, all das ging an Marcel vorbei, weil ihn Daniels Ankündigung zutiefst verunsichert hatte und beschäftigte. Er testete die Gedanken aus und versuchte abzuschätzen, wie sie ihm schmeckten, ob sie ihm gefielen oder nicht. Und er erschrak, weil ihn das Bild von Lucian, der blutend zusammenbricht und fassungslos ins Leere starrt, nicht abstieß, sondern anzog, vielleicht sogar mit einer Erregung erfüllte, die sich krank anfühlte. Lucian, der Spötter, der Selbstgefällige. Der von allen Geliebte. Lucian auf den Knien, blutend und in tiefer Reue. In diesem kupferfarbenen Tagtraum sah sich Marcel, wie er ihm die Hand reichte und auf die Beine half, ihn rettete. Was ihm die Augen brennen ließ und einen heißen Stein in den Hals legte, war, dass er ihn erst zu Boden fallen sehen musste, bevor er es gut und richtig finden konnte, ihm die Hand zu reichen, um ihn zu retten, um von Lucian als Retter und Held wahrgenommen zu werden.

Später, als sie im Spiegel aufschlugen, trennten sie sich. Lucian war nach Hause gefahren, um zu duschen, die Wäsche zu wechseln und würde später nachkommen, Hamid hatte einen Stammkunden ausgemacht und rutschte in seine bekiffte Stricherattitüde, um sich das Geschäft zu sichern. Marcel ging schnurstracks an der Bar vorbei nach hinten. Dort stand in der rechten, hintersten Ecke ein alter Flipper: Gorgar. Ein Relikt aus den späten Siebzigern. Man konnte den Automat mit fünfzig Cent oder einem Euro füttern. Fünfzig Cent, ein Spiel, ein Euro drei Spiele. Marcel glitt in seine Jungmachopose, spreizte die Beine, rollte die Schultern nach hinten und gab den kleinen Seemann mit Knackarsch in enger Hüftjeans, der auf Landgang nach weibischen Männern sucht, die sich an seinem Samen mästen und dafür bezahlen wollen. Manchmal klappte das, sehr oft allerdings nicht. Langsam füllte sich das Lokal, die Musik wurde lauter gedreht und sorgte bei ein paar Jungs für Augenverdreher, Oh, mein Gott, diese verstaubte Musik, echt jetzt! Ganz im Sinne von Alfi, der den Spiegel als Refugium für Freier und Stricher geplant und umgesetzt hatte, im Glanz der Siebziger, blieb man auch nach seinem Tod dem Musikgeschmack treu und spielte in erster Linie Discomusik und Schlager aus den Siebzigern und Achtzigern. Ein paar Jungs schoben am Billard Kugeln herum. Nicht weil sie das Spiel mochten, sondern weil sie sich dabei mehr oder weniger unauffällig in Szene setzen konnten. Kugeln klackten, es wurde heiser geflucht und mit männlichem Blick geprüft, wie der nächste Stoß zu setzen sei, und wenn man sich über den Tisch beugte, um einen gewagten Stoß zu setzen, konnte man den Arsch zeigen. War immer schon so, das Spiel war alt, ohne je alt zu werden.

Dann kam Lucian auf einer Welle aus Frische und guter Laune herein, seine Kleidung roch nach Weichspüler, irgendetwas mit grünen Äpfeln, und sein Haar duftete nach Shampoo, Melisse oder so was, schätzte Marcel, als Lucian sich kurz zu ihm stellte und auf den Hintern schlug und, Na, was geht, Alter, hinwarf. Allein die Vibration, die von Lucian ausging, machte Marcel wirr, und erst sein Geruch! Die fasertiefe Reinheit, so intensiv, dass es greifbar war. Wohlwissend, dass die Reinheit Lucians sittliche Verderbtheit nicht berührte. Mit den Worten, Ich glaube, ich schau mir den Grauhaarigen bei Daniel mal an, schlenderte er weg, und Marcel widmete sich wieder seinem Spiel, obwohl er jetzt unkonzentriert war. Seine Finger schwitzten, und er rutschte von den Knöpfen ab. Zitterte, und im Mund hatte er einen bitteren Geschmack. Der Gedanke, dass Lucian heute Nacht die Rechnung dafür bekam, wie er mit Menschen umging, fand Marcel fieberheiß reizvoll. Nicht aber den daran anschließenden Gedanken, dass er nicht nur bestraft würde, sondern ernsthaft Schaden nehmen könnte, vielleicht sogar starb. Deshalb vergeigte er beinahe absichtlich die letzte Kugel, stieß sich mit einem lauten Tilt vom Flipper ab und ging, auf den Zehenballen abrollend, an den Tischen vorbei, wo die Freier saßen und ihr Abendessen zu sich nahmen, bis ganz nach vorn, wo die Keusche hinter dem Tresen residierte, ganz damit beschäftigt, zwei Freier und einen Jungen an einen Tisch zu bekommen. Er ist sauber, zuverlässig und stiehlt nicht, sagte sie zu einem der Herrn und wimmelte Marcel handwedelnd ab und sagte mit keifendem Unterton, er solle sich bitte nicht anscheißen. Vielleicht peitscht der Graue den Lucian ein bisserl den Hintern blutig, der Daniel zwickt ihm die Brustwarzen, und das würde dir eh mal taugen, den Lucian vor Schmerzen und Geilheit wimmern zu hören, wie? So, jetzt geh brav wieder nach hinten, ich hab' hier zu tun, mein kleiner Herr Macho. Ich kann von hier sehen, dass der Flipper frei ist, also Abmarsch.

Verärgert darüber, so verscheucht zu werden, als sei seine ganze Existenz für alle anderen nichts als eine einzige Zumutung, zogen sich Marcels Mundwinkel nach unten, und er verließ das Lokal schnell, um draußen auf dem Parkplatz am schmiedeeisernen Geländer des Wienflusses einen Joint zu rauchen und auf das Aluminiumdach der U-Bahn-Station zu rotzen. Die gewünschte Wirkung stellte sich nicht ein. Der Joint war gut und griff in sein Gemüt, aber anstelle unkomplizierter Heiterkeit legte sich ein deprimierender Farbfilter über seine Wahrnehmung, als wäre er in einem tristen französischen Schwarzweißfilm, in dem es dauernd regnete und Menschen sich die Pulsadern aufschnitten, um bei Jacques Brels Trauergesang zu vergehen wie Blumen im Herbst.

Das Gefühl einer nahenden Bedrohung, ja, einer dunklen Unausweichlichkeit, verzerrte sein Gesicht zu einer Maske der Trauer. Er schniefte, schnippte das zerbröselnde Ende des Joints hinunter auf das Dach der U-Bahn-Station und stieß sich vom Geländer ab. Murmelte, Ich muss es jemand sagen. Irgendwem. Der Wind zupfte böig an seinem ausgeleierten T-Shirt, war warm und feucht und trug einen stummen Donner in sich. Leicht genervt ignorierte er die interessierten Blicke zweier Männer, die von seinem knackigen Arsch in der hautengen Dieseljeans magisch angezogen wurden. Turnschuhschnell eilte er an ihnen vorüber.

Später, Männer, später. Bin im Namen des Herren unterwegs, dachte er bitter kichernd, überquerte die rechte Wienzeile, lief die Treppe hinunter und betrat das Lokal durch den Notausgang, wo ein paar Jungs standen, rauchten und Wert darauf legten, wie gemalt auszusehen. Man kannte und nickte sich zu, Marcel ging schnell, aber nicht so schnell, dass er gehetzt wirkte, an der langen Bar entlang zu dem Tisch, an dem vorhin gerade noch Daniel, der Graue und Lucian gesessen hatten. Sein halbgarer Plan war, sich einfach dazuzusetzen und zu hoffen, dass seine Anwesenheit genügte, um Ungemach abzuwehren. Der dunkle Filter des Joints vermittelte ihm das Gefühl, Randfigur eines Horrorfilms zu sein, der muntere, lebensfrohe Junge, der das Allerblutigste verhindert, in dem er einfach da ist. Doch der Tisch war leer, es waren nur die Teller mit zerknüllten Servietten drauf, kalten Fritten und Salatresten sowie die nicht leer getrunkenen Gläser Cola-Rum. Wäre es ein Bild, dachte Marcel mit Bitterkeit, trüge es den Titel: Zu spät. Vor Frust entfuhr ihm ein Seufzer, und ein Mann, der vorbeiging und ihn an- beziehungsweise ihm zuerst auf den Schoß und dann ins Gesicht blickte, fragte ihn, Was hast du? Ist was?

Es geschieht gleich was, flüsterte Marcel und schnaufte, vor Aufregung außer Atem. Die stechen Lucian ab, echt jetzt!

Der Mann verlor schlagartig das Interesse, schüttelte den Kopf und sagte im Weggehen, Egal was du nimmst,

Junge, die Hälfte davon wäre mehr als genug! So sind die Menschen, manche von ihnen jedenfalls, sie verwandeln eine ernste Warnung in einen dummen Scherz, um der Not der anderen auszuweichen, das lernte Marcel in dieser Nacht.

Mit zitternden Fingern pusselte er eine Zigarette aus der zerdrückten Packung, die in der rechten Vordertasche seiner Jean steckte, schlich wie ein geprügelter Hund nach hinten zum Billardtisch und ließ sich auf einen Holzschemel neben dem Flipper nieder. Die Haut unter den Augen war gerötet, und er sah dem Rauch nach, der zur Decke stieg, die fleckig war und gelb von Millionen gerauchter Zigaretten. Das Treiben um ihn herum nahm er nicht mehr als belebend und spannend wahr, sondern als bedrückend und schrill und falsch. Misstönend wie ein absichtlich falsch gespieltes Klavierstück, ein Todeswalzer aus Dissonanzen. Der Geruch von abgestandenem Bier und vollen Aschenbechern war überwältigend und stand für das Alleinsein desjenigen, der um ein Unrecht wusste, das ein Geheimnis blieb, nicht weil es ein Geheimnis sein musste, sondern weil es niemand interessierte. Das sind die traurigsten Geheimnisse.

Wieder kam ein Mann näher, umkreiste ihn und sah ihn deutlich interessiert an. Automatisch gab Marcel den bekifften Rotzjungen, der sich an die Wand flegelt und mit größter Selbstverständlichkeit den Samen aussaugen lässt – aber eben nicht jetzt und ganz gewiss nie und nimmer umsonst. Ich glaube, im Separee bringen die wen um, den Lucian, die tun ihm was.

Der Freier, ein pensionierter Mittelschulprofessor mit erstaunlich silbernem Haar, sagte später bei der Einvernahme, er hätte das alles für besoffenes Geschwätz gehalten, man konnte ja an den Augen sehen, dass der Junge ganz ordentlich getankt hatte. Dann spuckte der noch auf den Boden, sprang auf und eilte wieder nach vorn zum Haupteingang. Dort stand er einige von Unentschlossenheit durchwirkte Sekunden, der durch die offene Tür hereinwehende, warmfeuchte Wind ließ sein verwaschenes T-Shirt flattern, dann riss er sich los und stiefelte nach hinten. Inzwischen sahen ihm die Leute nach, weil sie ihn als Ausgangspunkt aufkeimender Unruhe einschätzten. Er murmelte dauernd vor sich hin, Die bringen ihn um, und ich hab's gewusst, wie dreckig bin ich bitte? Plötzlich im Laufschritt sauste er an der Jukebox vorbei und hob den Arm, um mit der Faust an die Tür des Separees zu klopfen, als sie aufging und Lucian wie ein blutender Geist an ihm vorbei wandelte.

Im leeren Zimmer

Kommen Sie, kommen Sie herein. Da können Sie Ihre Jacke ablegen. Kommen Sie. Der Herr Botschaftssekretär ist heute bis spät abends im Konsulat. Ein hoher Funktionär aus Kuba ist nach Wien gekommen, da hat er alle Hände voll zu tun. Sie sehen ganz anders aus, als ich mir das nach der E-Mail und dem Telefonat vorgestellt habe. Sie sind sehr groß, das muss ich schon sage. Da, sehen Sie, ich habe kubanischen Espresso vorbereitet, der ist wirklich sehr stark. Ja, die Wohnung ist sehr schön und sie ist sehr geräumig. Als wir von Kuba hierher kamen, plagte uns manchmal das schlechte Gewissen, dass wir als Revolutionäre und Sozialisten auf Kosten unserer Kameraden auf Kuba ein so reiches Leben führen können. Schmeckt der Kaffee? Danke, bleiben wir doch in der Küche. Mir gefällt es hier so gut. Wissen Sie, wenn mein Mann arbeitet und ich allein zu Hause bin oder mit Freundinnen rede, die auf Besuch kommen, dann sitze ich gerne in der Küche, also ich meine, wir sitzen dann in der Küche. Sie ist groß, warm und der Ausblick auf den kleinen Park draußen, wissen Sie, das hat so etwas Französisches. Sehen Sie es auch? Als ob man in Paris lebt, nicht wahr? Es ist nun fünfzehn Jahre her, das Lucian ermordet wurde. Warum beschäftigen Sie sich mit dieser traurigen Geschichte?

Na ja, da haben Sie schon recht. Die Medien hat mehr interessiert, wessen Sohn er war, als was er war, *wer* er war. Und, auch da haben Sie recht, die Szene, in der er sich bewegte, in der er sich so wohlfühlte, die hat keinen Moment innegehalten, um einen der Ihren zu verabschieden. Denken Sie, dass das zu erwarten gewesen wäre? Dass diese Menschen durchatmen und kurz an Lucian denken? Ich denke nicht. Und ich sehe Ihnen an, Sie auch nicht. Ja, von der anderen Geschichte habe ich auch gehört, von diesem türkischen Jungen. Lucian hatte mir davon erzählt, und er war ähnlich empört wie Sie. Nein, er war viel empörter, er war fuchsteufelswild, weil die Leute, die ihm bekannt schienen, die er mochte, für den Tod dieses jungen Türken nur ironische Gelassenheit übrighatten.

Und deshalb tragen Sie nun alles zusammen, was nicht in den Zeitungen stand, um es zu veröffentlichen? Nein, nein, das glaube ich Ihnen schon. Dass es nicht ums Geld geht. Ich habe mich über Sie informiert, Herr Grier. Die Referenzen sind sehr gut, und Sie scheinen mir ein ernsthafter Mann zu sein. Wollen Sie etwas sehen, ja? Ja, die Dielen knarren ein wenig, aber wir haben uns daran gewöhnt. Hier entlang. Ja, das sind Fotografien aus diversen Reisemagazinen. Lucian hatte sie gesammelt und übermalt. Zuerst sah es nur wie Kritzelei aus, aber dann sahen wir, dass er einem bestimmten Muster folgte und so etwas wie einen Kritzel-Stil entwickelte, der den Fotografien etwas ganz Eigenes gab. So, hier.

Ja, genau. Das ist Lucians Zimmer. Die Wohnung hat sechs Zimmer, das ist für uns beide mehr als genug. Wir haben nie darüber nachgedacht, noch ein Kind zu bekommen. Lucian war ein Wunschkind, und dieser Rodmann hat ihn uns genommen. Ich hatte immer das Gefühl, würden wir noch ein Kind zeugen, dann würde es immer im Schatten Lucians stehen und mit einem Toten um die Gunst seiner Eltern kämpfen müssen. Es ist traurig, dass wir kein Kind mehr auf die Welt brachten, aber es war die richtige Entscheidung. Lucians Tod hätte alles überschatten, er überschattet alles. Kommen Sie herein. Ja, ich habe das Zimmer so gelassen, wie er es am letzten Tag verlassen hat. Ich wasche die Bettwäsche und beziehe das Bett neu, ich räume seine Sachen weg und wische Staub und sauge den Boden. Putze die Fenster. Im ersten Jahr nach seinem Tod tat ich das als Akt der Trauer, der weitergeführten Beerdigung. Dann wurde es mir zur Gewohnheit, eine Routine, die in meinem Tagesablauf einen festen Platz fand. In jenem Sommer schrieb Lucian eine Dokumentation über den kubanischen Präsidenten Ramón Grau San Mártin. Für Lucian war Ramón Grau ein größerer Kubaner als Fidel Castro. Die Zeit von Graus Wirken war Lucians Lieblingsperiode der kubanischen Geschichte, und er wusste wirklich alles darüber.

Als ich am Montag frühmorgens erfuhr, dass unser Sohn unter noch nicht vollends geklärten Umständen den

Tod gefunden hatte, war ich zu entsetzt, um zu weinen. Wie betäubt war ich, erfüllt von einem bitteren Grauen und einem absoluten, summenden Nichtverstehen. Auf dem Bett lagen zwei T-Shirts von ihm, eine schwarze Militärhose und ein Lederarmband. Auf dem Tisch dort stand sein Laptop. Er war aufgeklappt, und das Textprogramm war offen. Er hatte an seiner Arbeit geschrieben, wissen Sie? Ich setzte mich aufs Bett, die Sonne schien so hell und flach ins Zimmer, dass ich den Staub in den Lichtstrahlen tanzen sehen konnte. Ich nahm das eine T-Shirt, das schwarze Puma-Tanktop, und knetete es in den Händen. Dann hielt ich es mir ans Gesicht und atmete tief ein, und mir wurde bewusst, dass ich ihn riechen konnte. Dass sein Geruch im T-Shirt ihn überlebt hatte. Dass mein Sohn tot war, und das Einzige, was mir blieb, sein Geruch in diesem getragenen T-Shirt war, das er ausgezogen hatte, bevor er fortging, um dieses andere Shirt anzuziehen. Da erst konnte ich weinen. Ich saß auf dem Bett, roch an seinem T-Shirt und weinte so bitter, dass mein Mann um meinen Verstand fürchtete. Mein schöner Sohn. Mein wunderbarer, liebevoller und so seltsam idealistischer Junge.

Ja, er bereitete uns Kummer. Doch tun das nicht alle Söhne? So hell Lucian strahlte, so dunkel konnte es um ihn werden, wenn er sich von seinen Geistern reiten ließ. Dass er Frauen nicht zugetan war, wusste ich schon, als er elf oder zwölf Jahre alt gewesen war. Es lag in der Art, wie er Mädchen nicht und Jungs dafür umso interessierter ansah. Er hatte eine intensive, brennende Art, Menschen und

Dinge anzusehen, sie mit seiner vollsten Aufmerksamkeit zu beschenken. Mein Mann sagte, Gib ihm Zeit, er ist noch nicht mal im Stimmbruch. Der wird schon. Und ich sagte, Nein, der liebt Männer. Und weil mich der Teufel ritt, sagte ich zu meinem Mann, dass Lucian ein ganz besonderer Liebhaber werden würde. Na, Sie hätten das Gesicht des Herrn Botschaftssekretär sehen sollen. Ach du meine Güte, war der sauer.

Dass er homosexuell war, störte uns dann beide nicht. Mich hatte es sowieso nicht gestört, und mein Mann fand sich damit ab. Womit ich nicht zurechtkam, war, warum Lucian seine Sexualität als Strichjunge auslebte. Er war schön und er hatte Verehrer, die ihm schrieben, vor dem Haus auf ihn warteten und an der Uni Avancen machten. Mir kam das so mutwillig vor, als ob er sich verschleudern wolle oder als ob er sich selbst gering schätzte und aus seiner noblen Gesinnung etwas Räudiges machen wollte. Vielleicht auch war er masochistisch veranlagt, dachte ich eine Zeit lange, und empfand Lust dabei, benutzt zu werden. Sie werden sicher denken, Wie schrecklich nüchtern die Frau von ihrem toten Sohn spricht. Glauben Sie mir, ich habe so viel geweint und mir den Kopf zermartert, um zu verstehen, was Lucian umtrieb und schlussendlich zu Fall brachte. Rodmann war nur das Werkzeug, der Arm, der die Tat vollbrachte. Was Lucian wirklich ermordete, war seine Begierde nach einem gelingenden Leben. Rodmann stand am Ende eines Pfades, den Lucian selbst gewählt hatte. Er war als Bewunderer von Ramón Grau ein echter Sozialist, ein Linker, tief im Herzen. Das kubanische Ideal, dass das Leben einfach besser funktioniert, wenn jeder gibt und jeder nimmt und das Geben und Nehmen in Balance ist, das trug er tief in sich. Vielleicht prostituierte er sich genau aus diesem Idealismus? Vielleicht fühlte er sich als Missionar, der seinen eigenen Zugang zum Sex als Mittel zur Sozialisierung den Menschen verständlich machen wollte, die nicht an Sozialismus glauben, indem er ihnen verständlich machte, dass es nichts umsonst gibt. Alles im Leben ist ein beständiger Fluss von Geben und Nehmen, und nur wer gibt, kann empfangen, damit das Gleichgewicht gewahrt bleibt.

Einmal war ein Freund von ihm hier, ein sehr mutwillig und aufmüpfig wirkender junger Mann, beinahe obszön. Damien hieß der. Oder Daniel. Oder David. Er wollte Geld ausborgen, das bekam ich mit, weil sie in Lucians Zimmer waren und die Tür offenstand. Es waren nur Gesprächsfetzen, und ich war in der Küche und hörte auf, das zu tun, was ich gerade tat, weil ich bereit sein wollte einzuschreiten, wenn der Streit ausufern sollte. Der junge Mann benahm sich sehr, wie soll ich sagen, würdelos. Er schien das Geld dringend zu brauchen, und Lucian lehnte es rundweg ab, es ihm zu borgen. Das war eines von Lucians kommunistischen Idealen. Sei weder Leihender noch Verleiher, denn für ein Darlehen verlierst du dein Geld und einen Freund. Sein Grundsatz war: Lebe so, dass du nie Bitte und Danke sagen musst. Das wollte dieser Damien oder Daniel nicht verstehen. Er verließ die Wohnung wütend und ohne zu grüßen. Später kam Lucian zu mir in die Küche, setzte sich an den Tisch, und als ich mich zu ihm setzte, mit den Händen voller Mehl, nahm er sie in seine und wir sahen uns so lange an, bis er lächelte, den Kopf schief hielt und das Ohr an der Schulter rieb. Das war eine seiner katzenhaften Bewegungen, er hatte ein paar davon. Dann stand er auf, ging aus der Küche, und obwohl wir kein Wort gewechselt hatten, war ich vom Gefühl ergriffen, meinem Sohn so nahe gewesen zu sein wie nur ganz selten zuvor. Werden Sie das aufschreiben? Ich sehe seine dunklen Hände noch immer, seine dunklen, langgliedrigen Finger, seine Hände in meinen, die weiß waren vom Mehl. Und noch etwas. Vielleicht sah ich das nur, weil ich seine Mutter war – *bin*. Wenn Lucian einen ansah, dann tat er das total. Er hielt nichts davon, sich einer Sache, einem Mensch, einer Angelegenheit nur halbherzig zuzuwenden. Was er tat, das tat er voll und ganz. Leben. Und sterben.

Wissen Sie, was verrückt ist? Lucian könnte noch leben, wenn ich ihn nicht aufgeweckt hätte. Am Sonntag nach der Parade kam er am späten Nachmittag nach Hause, sah sehr derangiert aus, geradezu verwildert. Er zog die Sachen aus, die er anhatte, ließ sie überall herumliegen, kam in Unterhosen zu mir in die Küche und küsste mich fahrig auf die Wange und nippte an meinem kalten Kaffee. Dann schlenderte er gähnend ins Bad und duschte. Ich kümmerte mich um meine Angelegenheiten und ging etwas später ins Bad, um das feuchte Badetuch in den Korb zu geben, dass er auf dem Boden liegenlassen hatte. Dann sah ich zu ihm ins Zimmer. Wenn die Tür nur angelehnt war und nicht geschlossen, machte es ihm nichts aus, wenn man zu ihm reinsah. Nackt lag er auf dem Bett, auf dem Bauch, den Kopf ins Kissen gegraben, die Arme unter dem Polster, und schlief. Noch immer weiß ich, was ich dachte, als ich ihn schlafen sah. Schlaf, dachte ich, schlaf, dann machst du uns am wenigsten Kummer. Um 19:00 Uhr weckte ich ihn auf, weil es im ZDF eine Dokumentation über Kuba spielte, in der es um die Vorgeschichte zur Revolution ging, also auch um die Ära Batista und Grau. Lucian sprang wie von der Tarantel gestochen aus dem Bett. Er salutierte keck, marschierte an mir vorbei ins Bad und machte Katzenwäsche, zog frische Socken und Unterhose an, die enge, schwarze Jeans mit den Rissen über den Knien und das weiße T-Shirt. Er sah aus wie frisch aus der Gussform. Draußen hatte es noch immer rund achtundzwanzig Grad, er lief durch den Flur, grinste mich an wie ein freches Kind und gab mir einen respektlosen Klaps auf den Po, kicherte, Bis später, sexy Mama! Das war das Letzte, was er zu mir sagte, Bis später, sexy Mama. Winkelte die Arme an und tänzelte die Treppen runter. Ich rief ihm nach: Und Kuba? Die Doku? Aber da war er schon weg. Später, als der Herr Botschaftssekretär schon zu Hause war und in seinem Arbeitszimmer eine Zigarre rauchte, läutete es an der Tür. Es waren Freunde von Lucian, die nach ihm fragten. Ich sagte ihnen über die Gegensprechanlage, dass er schon seit über einer Stunde weg sei und ich nicht wüsste wohin. Das ist alles. Nein, eigentlich ist das nicht alles. Es gäbe noch so viel mehr über ihn zu sagen, so unendlich viele Details. Aber es ist alles, was Sie vielleicht für ihre Geschichte brauchen.

Danke, dass Sie mich besucht haben. Und danke, dass Sie mir geholfen haben, mich an Schönes zu erinnern. Seine Hände. Sein Blick. Seine Aufmerksamkeit. Immer ein wenig staunend, immer ein klein wenig verwirrt. Immer ganz und gar.

Tanzen in der Stadt

Nachdem wir beim McDonalds waren, bestand Daniel darauf, dass wir alle zusammenblieben. Einige von uns wollten nach Hause fahren, um uns frisch zu machen und andere Sachen anzuziehen, aber Daniel ruderte dagegen an und wollte uns alle beisammen haben. Schwärmte, wir hätten jetzt den Geruch der Sternennacht im Haar, sähen verwildert aus und es gäbe sicher genug Freier, die auf diesen Look standen, auf den Look von Jungs, die das Leben nach dem Motto lebten: *Life is for deep kisses, strange adventures, midnight swim and rambling conversations.* Er konnte ein paar von uns überzeugen, einfach weiter zu drehen und die Zeit, bis der Spiegel aufmachte, zu überbrücken, in dem wir uns in den Volksgarten in den Schatten des Theseustempels legten und ein wenig dösten. Wie gesagt, einige von uns wollten mit, aber nicht Lucian. Der winkte ab und sagte, er wolle sich zu Hause duschen und andere Sachen anziehen und dann später in den Spiegel kommen. Nur die Platzanweiser sind schon da, wenn's Lokal öffnet, die Stars kommen später, war einer seiner Sprüche. Von denen hatte er jede Menge. Daniel war beunruhigt, aber das fiel mir damals gar nicht so sehr auf, er schien einfach aufgedreht zu sein, aber ich weiß noch, als

Lucian sich abklopfte, aufstand und ging, stieß Daniel ein heiseres Fuck aus. Mir kam dann wieder in den Sinn, was Daniel am Mittwoch in der Nacht an der Bar im Spiegel gesagt hatte. An jenem Abend hatten wir zwei Freier gemeinsam im Separee, die mehr auf zuschauen standen. Einer wollte Dans Stiefel lecken, beide wollten, dass wir es vor ihnen treiben, und verspottet werden. So auf die Art, Schaut doch nur, wie geil wir hübschen Jungs es treiben, und ihr blöden alten Tunten zahlt dafür, nicht mitmachen zu dürfen, ihr seid ja echt voll die Opfer! Jedenfalls hatte Daniel ziemlich getankt, und wir lümmelten an der Bar und plapperten sinnlosen Scheiß, als er auf einmal so etwas sagte wie, Der Deutsche wird sich Lucian nehmen. Der Bloßfüßige wird bluten, und ich werde dabei sein. Oder so ähnlich. Als mir die Zusammenhänge klar wurden, wurde ich nervös, aber ich wagte es nicht, Daniel direkt anzusprechen. Weiß der Himmel wieso. Vielleicht dachte ich, dass Befürchtungen wahr werden, wenn man sie anspricht. Aber ich fragte Daniel, warum er so aufgeregt sei, wegen Lucian oder so. Und er antwortete, Fuck, ich hab' heute was mit einem Freier ausgemacht. Luca, ich und der Deutsche. Wir wollen es im Esterhazypark treiben. Um zwei Uhr früh. Hoffentlich verpennt der Scheißhund nicht. Der Deutsche zahlt gut.

Das musst du dir merken, dachte ich so laut, dass ich fürchtete, man könnte es durch meine Schädeldecke hören. Jetzt, da Lucian auf einmal weg war, so schnell, als ob er im Boden versunken wäre, schien es Daniel egal zu sein, ob wir zusammenblieben oder uns trennten und uns erst nachher wieder trafen. Wenn wir im Spiegel anschaffen gingen, machten wir das sowieso getrennt. Zu viele Jungs auf einem Haufen schrecken Freier ab, und es gibt nur wenige, die es sich leisten können und wollen, zwei Jungs auf einmal zu nehmen. Daniel sah uns fragend an, fixierte mich und nickte mir zu, Und? Gehst du gleich mit, Marcin? Ich erwiderte, dass um acht oder neun Uhr abends im Spiegel nun wirklich nichts los sei, außer die paar Alten, die in der Schlangengrube sitzen – so nannten wir den Stammtisch der Alten gleich rechts neben dem Eingang –, die in Ruhe ihre Schnitzel essen wollen, bevor sie zum Scheißhaus wackeln, um türkischen Jungmachos den Schwanz zu lutschen und ihre Milch zu trinken, gesalbt mit der unbeholfenen, grimmigen Verachtung der Jungen. Ich hatte Daniels Tonlage genau getroffen, und er grinste bitter und zufrieden. Daniels bester Freund aller Zeiten, Patrick, winkte ebenfalls ab, sah aber mich prüfend an. Ein paar Augenblicke später hatte sich unsere illustre Runde aufgelöst. Patrick und ich standen planlos herum, und ich sagte scherzhaft, wir könnten uns ja gegenseitig einen runterholen. Patrick lachte und antwortete, dass ich ihm für so einen Unsinn eindeutig zu jung sei. Plötzlich hörten wir beide auf zu lachen, sahen uns ernst an, und Patrick fragte leise, Du hast doch irgendwas, oder? Du bist ja voll instabil, Marcin! Instabil, das war sein Lieblingswort in jenen Tagen. Hör mal, sagte ich zu ihm, Daniel hat mit dem Deutschen und Lucian irgendeine Scheiße vor. Oder

der Deutsche mit Lucian und will Daniel dabei haben. Weißt eh, der aus München, der Silbergraue. Am Mittwoch an der Bar im Spiegel hat Daniel gemeint, Lucian wird bluten, und als er das sagte, sah er nicht so aus, als ob er damit was Harmloses meinte.

Patrick grinste schief und sagte, Vielleicht meinte er bloß, dass der Deutsche einen riesen Hammer hat und damit Lucian das kubanische Fötzchen aufreißt? Ich schüttelte den Kopf und sagte, Nein, der meinte mit bluten wirklich bluten. Dan war fett wie die russische Erde, als er das sagte, und er sah mich dabei auf eine Art an, dass ich voll die Gänsehaut kriegte. So als ob er Frost auf den Augen hätte.

Was für'n instabiler Scheiß, du!

Daniel hat gesagt, die wollen's im Freien treiben, im Esterhazypark. Um Zwei. Du, vielleicht gehen wir einfach hin und schauen mal …

Du willst spannen, Alter, voll *un*-lässig.

Na und? Wenn sie's nur voll lieb treiben, haben wir was zu lachen. Luca kriegt die Spalte voll mit deutscher Qualitätsware oder so, und Daniel steckt ihm die Zunge ins Maul oder was weiß ich. Und wenn der Deutsche wirklich irgendeine Kacke vorhat mit Luca, dann können wir vielleicht was tun. Gehst mit? Wir checken uns ein paar Dosen Bier, legen uns im Park auf die Lauer und beobachten, was passiert.

Patrick grinste und nickte, Wir sind voll die Spanner, Alter! Ur-instabil.

Also die anderen waren dann alle weg, und wir beide legten uns noch eine Runde auf der Wiese im Volksgarten aufs Ohr. Es waren viele Leute da – auch versprengte Reste der Regenbogenparade, ein paar Deutsche links von uns, hinter uns ein paar schnatternde Jungs aus Amsterdam, deren Joints verdammt gut rochen, und über allem war eine voll entspannte, freundliche Stimmung, an die erinnere ich mich heute noch. Gegen ein Uhr morgens wurden wir halbwegs munter, packten unsere Sachen und gingen über den Ring bis zur Staatsoper, drifteten durch die Opernpassage zum Resselpark, oben an der Sezession vorbei und weiter Richtung Westen. Als wir nebeneinander schlenderten, die Hände in den Hosentaschen, auf dem Markt zwischen rechter und linker Wienzeile, sprachen wir nichts, auch daran erinnere ich mich sehr gut. Nach dem Schlaf im Park fühlte ich mich schwach und entmutigt, und im Hinterkopf nistete eine dunkle Ahnung, dass in dieser Nacht irgendetwas ganz Übles passieren würde. Wir wechselten über die linke Wienzeile zur rechten Straßenseite. Für jemand, der nicht aus Wien kommt, muss das voll der unlogische Scheiß sein, aber die linke Wienzeile heißt nun mal so, und wenn man stadtauswärts geht, auf der linken Wienzeile, dann geht man eigentlich auf der rechten Straßenseite.

Bogen in die Magdalenenstraße ein und gleich rechts in die Eggerthstraße, auf der man steil raufgeht zur Luftbadgasse, dort, wo die Steintreppen raufgehen zum Apollo-Kino. Da gab's mal das Nightshift. War in seinen besten

Tagen oder Nächten eine ziemlich geile Lederbar und verkam dann zum Sammelbecken des nächtlichen Abfalls, für den sich im Morgengrauen kein Weg nach Hause auftat und der sich nur für sich selbst interessierte. Oben im Kino war gerade eine Spätvorstellung aus, und die Leute strömten über die Straße. Angesichts dieser hin und her wogenden Menschenmassen dachte ich, wie verrückt die Idee sei, es im Esterhazypark zu treiben, wo doch Hunderte und Tausende Leute unterwegs waren und hin und her liefen. Wo wollten die das machen? Ich kannte den Park gut, weil ich es da schon selbst zwei- oder dreimal mit Frischluftfreiern getrieben hatte. Gut geeignet war die dicht mit Büschen bewachsene Abgrenzung zum Sportplatz des Gymnasiums, da trieben's auch immer die Ökotunten oder die perserschaltragenden Kifferschwestern, und auch ziemlich brauchbar war die mit Bäumen und Holunder bepflanzte Ecke, wo die Schadekgasse den Knick hat und unterhalb des Parks an der Mauer in die Gumpendorferstraße mündet.

Patrick sagte, dass er Hunger hatte, also holten wir uns beim Araber neben dem Kino ein halbes Brathuhn und zwei Dosen Cola Zero. Wir konnten uns gegenseitig ansehen, dass wir eigentlich fix und fertig waren, erledigt, voll durch den Arsch gezogen. Patrick wollte in Wirklichkeit genauso nach Hause wie ich, aber diese dämliche Schwungscheibe, befeuert von Koks und Speed, drehte sich noch wie verrückt und sirrte ohne Ende, der Drogenindianer paddelte noch munter durchs Blut, unermüdlich, wirr und verzweifelt. Das war der Zustand, den ich am meisten hasste: Wenn ich aufhören wollte, ins Bett sinken und einschlafen, ohne die Verpflichtung, irgendwann aufstehen zu müssen, aber nicht konnte, weil diese beschissene Drogenschwungscheibe noch im Blut arbeitete. Und dazu kam die Angst, dass Lucian wirklich etwas Übles widerfahren könnte, dass ihm jemand Leid zufügte. Das war für mich geradezu ein Sakrileg, verstehst du? Allein der Gedanke, Lucian etwas antun zu wollen, war für mich absurd und unvorstellbar. Das war unanständig! Verstehe mich nicht falsch. Ich hatte in jenen Tagen absolut kein Problem, bis in die Haarspitzen unanständig zu sein, manchmal lief es geradezu darauf hinaus, wer von uns die versautesten Geschichten zu berichten wusste. Doch all das war vereinbarte Unanständigkeit. Zwei mündige Leute machen sich was aus, und manchmal bezahlt einer dafür, dass man ihm wehtut. Na und?

Aber Lucian bluten lassen? Wir wischten die fettigen Finger im Gras ab, sahen uns durch schwere Augenlider an und lächelten müde. Dann standen wir auf und machten uns auf den Weg und drehten unsere sinnlosen Runden im Park, wimmelten Jungschwule ab, auch wenn sie uns gefielen, und wedelten Freier weg, die sich im Park herumtrieben, weil sie der festen Überzeugung waren, dass dort jede erdenkliche Dienstleistung um mindestens vierzig Prozent billiger sei. Diese Trottel. Andere Hungrige schleichen in ihrer Einsamkeit und Lust und lutschen die Türklinken der öffentlichen Bedürfnisanstalten, damit sie etwas Hartes in den Mund bekommen, haha. Wir hatten kein Verständnis für menschliche Bedürfnisse, wenn sie sich außerhalb unseres Biotops manifestierten oder nicht für ihre Erfüllung bezahlt werden sollte.

Patrick ging später noch mal runter zum Araber und holte zwei Dosen Bier, während ich die Stellung hielt und mir dabei ausgesprochen dämlich vorkam. Übermüdet und ausgebrannt. Kurz nachdem Patrick zurück war und mir eine Dose zuwarf, kamen vier völlig zugedröhnte Schwestern mit regenbogenfarbenen Haaren daher, drei Mann und ein Junge oder so, und einer hatte echt und ohne Scheiß einen Ghettoblaster auf der Schulter, und aus den Boxen dröhnte Dancing in the city. Das war damals schon ein vorsintflutlicher Schlager. Aber wir zwei sprangen auf und tanzten, und diese verrückten Jungs tanzten mit uns, und dann gab's noch Bussis und zwei oder drei sehr nasse Zungenküsse und Eiergeknete, und irgendwie lud das unsere Batterien auf. Marshall Hain, der Beat war so senkrecht, du!

Dann waren die Jungs weg, es war ein Stück nach drei Uhr, und wir sahen uns ziemlich ratlos an. Kein Lucian, kein Deutscher. Ein paar schräge Typen eierten herum und schauten so eindeutig wie möglich. Dann kam mir ein hässlicher Gedanke. Es könnte sein, dass Daniel mir den Floh von wegen Esterhazypark ganz bewusst ins Ohr gesetzt hatte, um mich aus dem Weg zu haben. Also was war jetzt zu tun? Das Feuer war niedergebrannt, und ich fühlte mich todmüde. Patrick sah auch voll fertig aus, und ich sagte sinngemäß, Du, wir gehen langsam zurück zum Parkplatz beim Spiegel, drehen ein paar Ehrenrunden, und wenn dann noch immer nichts ist, fahren wir nach Hause. Ich kann nicht mehr, ich bin völlig am Arsch. Bin hundemüde, stinke wie Sau und hab' keinen Bock mehr, hier den Kindergärtner zu spielen.

Frag' mich mal, Alter, sagte Patrick und griff sich in den Schritt, dass das Leder knarrte. Ich schwitze wie Sau. Ich brauch' ein Bad, nein, eine Dusche, eineinhalb Valium und ein Bett im dunkelsten Zimmer der Welt. Fuck, bin ich drüber!

Das alles taugte Lucian wirklich ausgezeichnet. Daniel hatte etwas von seiner seltsamen Eisigkeit abgelegt, und der Kunde streute Rosen und Kokain in rauen Mengen. Gleich nachdem sie am Tisch weiter hinten im Halbdunkel die Formalitäten abgeklärt hatten, waren sie zu Cuba Libre übergegangen, und Ernest orderte große Mischungen. Das lockerte die Stimmung erheblich. Es war gegen zwei Uhr, als Ernest mehr oder weniger in aller Öffentlichkeit Lucians Schwanz aus der Hose holte und ihn mit nassgespuckter Hand hochwichste. Genüsslich schnurrend rutschte Lucian auf der lederbezogenen Sitzbank ein wenig vor, lehnte sich zurück, warf den Kopf in den Nacken und fickte sanft die Hand, die so gut zu ihm war. Daniel kam über ihn, äugte prüfend, ob sie Zuschauer hatten – ja, das hatten sie –, und leckte über Lucians Wange, Mundwinkel und Lippen. Sie stöhnten theatralisch und heizten sich mit wilden Blicken an. Dann pausierten sie, tranken, rauchten und unterhielten sich. Lucian hatte irgendwo aufgeschnappt, dass man zwei jungen Bulgaren, die in der Boyzone anschaffen gehen wollten, ziemlich die Visage poliert hatte, samt Nasenbeinbrüchen, Jochbeinbrüchen, ausgeschlagenen Zähnen, das volle Programm.

Lucian fand das erheiternd. Zumindest in seinem berauschten Zustand.

Das Kommen und Gehen im Lokal wurde vor Lucians Augen zu einem schillernden Farbstrom, Stimmen zogen vorbei, und die Hand in seinem Schritt war so sorgsam und gut. Daniel küsste unglaublich gut, das Gefühl, sexuell aufgeladener Geborgenheit umhüllte ihn wie ein Seidenschal. Und dann das Flüstern in seinem Ohr, die Stimme des Mannes, durch den Bart, ein sanftes Kitzeln an seinem Ohrläppchen, und Daniel saugte sich gerade an der linken Brustwarze fest, Du bist so unfassbar schön, Luca. Ich sage Luca zu dir, okay? Luca, du hebst dich von allen ab, wäre ich ein Vater, wünschte ich, mein Sohn wäre so wie du: schön, stolz, elegant, klug. Die Hand, die Hand, die Hand wusste, was sie tat, jetzt massierte der Mann mit Daumen und Zeigefinger das Hautbändchen zwischen Eichel und Vorhaut, und Lucian drückte die Beine durch und spannte sich wie ein Bogen.

Gehen wir, gehen wir, komm, Luca, lass uns gehen, das Separee ist frei, und wir können lange dortbleiben. Ich habe noch Koks genug, wir nehmen die Drinks mit. Nein, die lassen wir da, ok?

Fickst du mich, großer Mann? Ich möchte von dir gefickt werden, ja? Tust du das?

Ja, mein Junge, mein schöner Junge. Ich werde dich nehmen und ausfüllen, männlich und zärtlich, komm jetzt, steh auf, komm, wir gehen nicht leise in die gute Nacht, wir gehen mit Göttern, in einem Umhang aus Funkenflug und Blitzgewitter.

Leise, leise, lallte Lucian und grinste dreckig. Das war alles viel zu gut, echt jetzt!

Im Getümmel völlig unauffällig, gab Rodmann zuerst Daniel und, als er damit Lucians Aufmerksamkeit erweckt hatte, was seine Absicht gewesen war, auch ihm eine Pille. Nickte aufmunternd, Schlucken, ist lustig. Die Wirkung setzte innerhalb weniger Minuten ein. Es war weder Extasy noch sonst irgendetwas, das wie oder mit Amphetaminen funktionierte. Die Wirkung war tiefgreifender und umfassender. Alles war körperlich, alles berührte ihn, die Kleidung, die Hände, die stickige Luft, und alles lebte. Die Hände, die Luft, der Schall geraunter Worte. Ihn erfüllte eine tiefe Zuneigung zu dem silbergrauen Mann. Er war so gut, so sorgsam. Und er war so geil. Lucian war schockiert, vielleicht sogar fassungslos, wie tief verwurzelt das Glück war, das er gerade empfand. Sie kamen tänzelnd hoch, die Gläser blieben am Tisch neben den benutzten Gedecken, auf denen das Ketchup neben kalten Fritten eintrocknete, und drifteten an der Jukebox vorbei, wo ein paar gelangweilte Stricher herumstanden und flächendeckend käufliche Lüsternheit ausstrahlten. Durchs Dunkel, durchs Dunkel und dann vor dem Pissoir gleich links, die Tür ging auf, und dann standen sie im Separee. Kaum war die Tür hinter ihnen ins Schloss gefallen, dämmte Daniel das Licht und Lucian rupfte sich das Tanktop über den Kopf, strich versonnen mit den Händen über seine Brust und den flachen Bauch mit dem kleinen Sixpack und blinzelte Rodmann einladend an: Komm.

Für einen Moment starrte Lucian auf das aus Birkenstämmen gezimmerte Andreaskreuz, an dem an den richtigen Stellen Ledermanschetten befestigt waren. Aus der Irritation zu finden war, wie aus einem Haus ins Freie zu treten. Um den erotischen Fluss nicht zu verlassen, leckte er sich über die Lippen, biss zärtlich auf die Unterlippe. Lächelte halb scheu, halb anrüchig. Wie ein Geist aus Rauch und Lust glitt Daniel um Lucian herum, um Rodmann Platz zu machen. Seine Hände packten Lucians Handgelenke und schoben sie weg, damit er ihn streicheln könnte. Lucian legte seine Arme auf Rodmanns Schultern und bewegte sich ebenso lasziv wie trunken zu der basslastigen Musik. Doch irgendetwas irritierte ihn, vielleicht ein Missklang in der Musik, ein unerwartetes Glockengedröhn? Da waren wieder die Küsse des bärtigen Mannes, die kitzelten und schmeckten und oszillierten zwischen männlicher Lust und Väterlichkeit. Die Hand, die seinen Schwanz umfasste, war warm und sanft wie Seide, Daniels Atem im Nacken betrunken und doch munter und stoßweise wie ein Fick aus Atemluft. Da war ein fast spürbares Einverständnis zwischen Daniel und Rodmann, ein Nicken, das nichts mit dem zu tun hatte, was Lucian gerade erlebte. Ein Einvernehmen, das ihn zum Inhalt hatte und dennoch ausschloss. Daniel zog Lucians Kopf an den Haaren nach hinten und küsste ihn auf den Mund, während er das verchromte Butterfly-Messer mit der rechten Hand aufwedelte. Lucians Bauchmuskel waren gespannt, und die scharfe Klinge des neuen und bisher noch nie benutzten Messers hatte Mühe einzudringen. Die Bewegung, mit der Daniel es einen Zentimeter unter der letzten Rippe hineinstieß, stockte. Er packte das Messer grimmiger, während er die linke Hand auf Lucians Mund presste und das entsetzte Seufzen auffing, das aus ihm flattern wollte. Jetzt durchdrang die Wellenschliffklinge Muskel und Sehnen, und Blut pumpte aus der klaffenden Wunde. Lucian war mit einem Schlag vor Grauen vollkommen nüchtern und riss die Augen auf, sah sich irritiert um und knickte in den Knien ein. Seine Blase entleerte sich und tränkte die Jeans. Jetzt stach Rodmann zu, in dem er einen Schritt von Lucian zurückwich, den Griff des Messers mit beiden Händen packte und es ihm in den rechten Brustkorb rammte. Die Klinge drang von oben ein. Mit einem Ausdruck spiritueller Besessenheit drehte Rodmann das Heft herum. Die Klinge knirschte und schabte. Blut quoll heraus. Jetzt packte Daniel das Heft seines Messers wieder und wand es aus der Wunde und hieb die Schneide in einem Anfall bestialischer Wut in Lucians Unterbauch, wo es direkt in die Blase eindrang, die sich gerade entleert hatte. Jetzt hatte Daniel Mühe, den wie wild zuckenden und stöhnenden Lucian festzuhalten, weil er über und über glitschig war von Blut. Obwohl er in den Knien immer wieder einknickte, hatten seine Arme noch Kraft herumzuschlagen, die Hände noch genug Leben, sich in Rodmanns Hüfte zu krallen. Doch sein Blick brach und wurde schwach, entfernte sich von dem, was hier geschah. Er murmelte etwas, und Daniel nahm die Hand von seinem Mund. Vielleicht weil er wissen wollte, was Lucian sagte, vielleicht auch, weil ihm bewusst wurde, dass dies seine letzten Worte sein könnten. Der schöne Sohn des kubanischen Botschaftssekretärs sank mit einem tierischen, erstickten Schrei zu Boden, ausgehöhlt von Entsetzen und die Leere erfüllt mit Grauen, als er krächzte, mit dem Mund voller Blut: *Papa? Warum, Papa?*

All das Schreckliche ereignete sich in bedrückender Stille, nur der Bass der Musik von draußen rieb an den Wänden. Hier war das Keuchen der Mörder und das tierische Stöhnen ihres Opfers, das auf den Knien lag, den Kopf im Nacken und die schwarze Decke anstarrend. Unerwartet kam Lucian wieder auf die Beine, taumelnd, aber entschlossen. Sein Blick war halbgeschlossen, so als ob er nachdachte, ob er sie hassen, verachten oder ob er ihnen verzeihen sollte, so als ob er sich nicht entschließen konnte, was er fühlte. Mit einem Knurren nahm er das Tanktop vom Bett und zog es an, indem er sich krümmte. Er versuchte trotz der grausamen Schmerzen, die ihn krümmten und zittern ließen, Haltung zu wahren, und hinter dem brechenden Blick des Sterbenden war Hochmut und Zorn. Vielleicht auch Trauer. Manche sagen, es mache keinen Unterschied, wenn die Trauer stark genug ist, steht sie neben dem Zorn und ist von ihm nicht mehr zu unterscheiden. Seine Mörder standen reglos nebeneinander, unfähig, einzugreifen und zu verstehen, was vor sich ging.

Was macht er, fragte Daniel mit einer vor Aufregung heiseren und gepressten Stimme. Sterben, antwortete Rodmann, er stirbt. Daniel wich zurück und sah Lucian an, der taumelnd vor ihm stand, halb angezogen, wirr blickend und über und über blutverschmiert. Wie er stank, durchfuhr es Daniel. Wie elend er stank, nach Scheiße und nach Erbrochenem und nach Magensäure und Urin. Sein Bauch war aufgeschnitten, seine Blase war aufgeschnitten, aus all den Wunden drang nicht nur purpurnes Blut, sondern auch der fast greifbare Geruch, den der gesunde Körper sonst fest in sich verschloss. Das traf Daniel wie ein Blitz, nahm den Zauber, ließ hinter den Vorhang der Magie blicken. Er war nicht mehr in Lucian verliebt, und weil er ihn nicht mehr liebte, gab es auch keinen Hass, der ihn antrieb. So war Lucians Sterben für ihn keine Befreiung mehr, sondern nur noch blutüberströmtes, übelriechendes Elend. An diesem Ende war nichts Edles und Würdevolles, nichts daran verschaffte ihm ein Gefühl der Befreiung oder des Friedens. Lucian verreckte, aufgeschnitten und verwundet wie ein Tier, doch anders als ein Tier wahrte er noch immer die Haltung und strebte dem Ausgang zu. Er ging. Entriegelte die Tür und stieß sie kraftlos auf. Marcel stand davor mit erhobener Hand, die er zur Faust geballt hatte. Seine Augen waren gerötet und sein Gesicht verzerrt vor Furcht und Grauen. Als er Lucian sah, gab er ein kehliges Schluchzen von sich und wich mit entsetztem Gesichtsausdruck einen Schritt zurück.

Im Dunkeln war nicht zu sehen, warum Lucian wankte, als er mit erhobenen Haupt das Separee verließ und zielstrebig zum offenen Notausgang ging, der vom Billardbereich hinausführte, auf den unter Straßenniveau liegenden Bürgersteig. Die anderen Stricher standen herum, hockten am Rand des Billardtisches und tranken Bier, ältere Freier umschwirrten sie wie Fliegen, als Lucian aufrecht an ihnen vorbeiging wie ein hingeschlachteter Gott. Sie wichen von ihm zurück, und später, als ich sie zur Tat einvernahm, sagten einige, er sah so furchtbar müde aus. Andere sagten, er sah traurig aus, so als ob man ihn voll mies reingelegt hätte. Der absolute Betrug und so. Und das Blut überall, es sah aus wie eines dieser Designerstücke mit purpurnen Verwaschungen. Lucian stolzierte an zwei verwelkten Strichern vorbei hinaus, beugte sich vor und erbrach Blut und Gewebe. Seufzte schwer, richtete sich auf und strebte auf die Steintreppe zu, über die man vom Trottoir auf die Straße kam. Ohne nach links oder rechts zu sehen, überquerte er etwa zehn Meter neben der Kreuzung Kettenbrückengasse die dreispurige rechte Wienzeile und hinterließ eine im kupferfarbenen Licht der Natriumdampflampen matt glänzende Blutspur. Im Lokal hatten einige bemerkt, dass hier etwas los war, und die Keusche warf das Geschirrtuch auf den Tresen und eilte mit entsetztem Gesichtsausdruck beim Haupteingang hinaus und schrie besorgt und herausfordernd, Was ist denn da los? Was geht da *vor*?

Mehr oder weniger unbemerkt von den sich immer dichter zusammendrängenden Leuten gingen Daniel und Rodmann, über und über mit Lucians Blut besudelt, beim Notausgang hinaus und folgten dem schwerverwundeten Jungen, der jetzt auf der anderen Seite auf dem Parkplatz in einer Jim-Morrison-Pose stand, mit der linken Hand den rechten Unterarm vor dem Bauch hielt. Andere strömten hinter ihnen her, raunten, Die sind ja über und über mit Blut voll, der hat sogar Blut in den Haaren. Bleibt stehen, verdammt! Habt ihr das getan? Was ist mit ihm? Was habt ihr getan? Marcel war hinterhergekommen und schrie, Was habt ihr getan, ihr Schweine? Ihr gottverdammten Hurenkinder! Herrgott, die haben Lucian umgebracht!

An der Spitze einer immer größer werdenden Menschentraube gingen Rodmann und Daniel über die Wienzeile, wechselten zum halb leeren Parkplatz, wo Lucian schwankend auf dem Fahrstreifen stand und kraftlos stöhnte. Rodmanns Augen, sagte man, waren weit aufgerissen und offenbarten eine insektenhafte Gier nach dem, was sich abzeichnete. Daniel hingegen war blass, totenblass, und atmete stoßweise, die Augen gerötet, die Haut unter den Augen verschwollen und dunkel, das Grauen packte ihn und ließ ihn schluchzen wie ein Kind. Jemand schrie nach der Polizei, andere liefen auf die Straße, als die Ampel für den Verkehr auf Grün wechselte, um eine eventuell vorbeikommende Streife auf das Verbrechen aufmerksam zu machen, dessen Zeugen sie gerade wurden. Für einen Moment, vielleicht fünf Sekunden, bestimmt aber nicht länger, war es vollkommen still, sagten die Leute, die so standen, dass sie ungehinderte Sicht auf den blutenden Jungen hatten. Und dann geschah das Schrecklichste, dass sie je gesehen hatten: Verzweifelt gurgelnd holte Lucian Luft und schrie blutspuckend, Papa! Dann knickte er in den Beinen ein, stürzte, und als er mit den Knien auf dem Boden aufschlug, platzte die klaffende Bauchwunde auf und die Eingeweide rutschten heraus und schlängelten unter dem Tanktop heraus und rutschten auf den Boden. Menschen schrien auf, riefen, Oh mein Gott. Manche wandten sich ab und übergaben sich. Rodmann sank neben Lucian auf die Knie, der jetzt seitlich auf der Fahrbahn lag und mit seinen matten Augen in einen tiefen Nebel starrte und einem dröhnenden Chor lauschte, den er nicht verstand.

Alle flüsterten durcheinander, es klang wie vom Wind über harten Boden gewehtes Laub, doch niemand wagte es näherzukommen. Die Keusche schlug die Hände vors Gesicht. Aus der Richtung Pilgramgasse kamen zwei junge Männer gelaufen und schrien gellend Lucians Namen: Patrick und Marcin.

Über den Dächern im Osten glomm das allererste Morgenrot. Im Geraune der Menge schrie Daniel auf einmal, Was habe ich getan, was habe ich nur getan? Rodmann sah ihn gelassen an, während er neben Lucian kniete, und einige Zeugen sagten übereinstimmend, dass der Hauch eines eisigen Lächelns in seinem Gesicht lag, als er antwortete, Du hast deinen besten Freund ermordet. Schau, er stirbt. Ist das nicht wunderbar?

Ein unaussprechliches Grauen lag über allem, im leisesten Hauch des Morgens. Jetzt beugte sich Rodmann über Lucians Kopf, nahm sein unrasiertes Kinn zwischen Daumen und Zeigefinger und drehte das Gesicht so, dass Lucian in den Himmel starrte. Noch bildeten sich Bläschen im Blut, als er ausatmete, aber tief in sich drin war Lucian fast nicht mehr da – in seinem Blick waren Verzweiflung, Grauen und bleierne Müdigkeit. Rodmann hob den Kopf und sah Daniel grinsend an. Nickte. Der Junge mit den blutverschmierten Händen und Haaren sah aus, als würde er vollkommen zerbrechen, aus sich selbst stürzen. Weinte bitter. Mit süßer Stimme, samtig tief, sagte Rodmann, Lucian, es ging bei dieser Sache nie um dich. Du warst nur das Mittel zum Zweck. Dein Tod ist unwichtig. Daniel war mein Ziel. Ihn wollte ich dazu verführen, seinen besten Freund zu ermorden. Ihn zerbrechen sehen, das wollte ich. Nimm das mit, in die gute Nacht.

Lucians linke Hand rieb über den Boden, als ob er ihn reinigen wollte, hin und her, vielleicht so, wie sie über die Bettdecke strich, wenn er sich zur Ruhe gelegt hatte und auf das Einschlafen wartete. Mit letzter Kraft drehte er den Kopf und starrte mit schweren Lidern auf seinen ausgestreckten rechten Unterarm. Vom Zeigefinger löste sich ein Blutstropfen. Als er den Boden berührte, flatterte ein winziger Sperling hinter der auf dem Teerboden liegenden Hand hoch, machte sich den ersten Hauch des Morgenrots zueignen und verschmolz mit ihm.

Diese Zeilen

Herr Botschaftssekretär Mariano-Ortiz,
in einem Gedicht des Walisers Dylan Thomas heißt
es: *Geh nicht gelassen in die gute Nacht* – und man weiß
sofort, dass er damit nicht meint, man soll aufgeregt in das
Dunkel hinter der Tür des Nachtlokals gehen. Die gute
Nacht, das ist der Tod. Ich weiß das, ich wusste es, als ich in
meinem Antiquariat ein Exemplar der Erstausgabe von
Dylan Thomas' Collected Poems erhielt, zu einem Spott-
preis, wie ich hinzufügen möchte. Als ich das Buch herein-
bekam, wusste ich schon eine geraume Weile, dass ich an
Krebs erkrankt war und der Tag meines Ablebens dramatisch schnell näher rückte. Man legte mir nahe, mich diversen Chemotherapien oder Bestrahlungen auszusetzen,
die mein Leben nur unwesentlich verlängern, mich dafür
aber an Krankenhäuser und Schmerzen fesseln würden, es
wäre ein vorweggenommenes Dahinsiechen. Ich wählte für
mich, so lange wie irgend möglich mein Leben weiterzule-
ben, und sei es auch unter Schmerzen, und erst, wenn ich
nicht mehr anders könnte, wollte ich die letzten Tage
unter ärztlicher Aufsicht meinem Tod entgegendämmern.
Doch dann hatte ich dieses Buch in Händen. Ein Exemplar
der Erstausgabe. Abgegriffen, aber doch liebevoll behan-

delt. Und als ich es las, immer und immer wieder, da wusste ich, dass ich nicht nur mein Leben bis zuletzt auskosten, sondern auch doppelt zornentfacht abtreten wollte. Geh nicht gelassen in die gute Nacht. Das, was dieses Gedicht, nein, die Schnittmenge aller Gedichte in diesem Buch in mir bewirkte, ließe sich umschreiben mit: Man muss sich von seinen Geistern reiten lassen. Ich glaube sogar, dass dieser Spruch aus dem Kubanischen kommt. Ich hatte den Gedichtband immer bei mir, und ich las darin, sooft ich konnte. Und mir wurde zunehmend bewusst, dass mein Leben bisher belanglos gewesen war. Ich hatte nichts vollbracht, ich werde nichts hinterlassen als eine vorübergehende Irritation. Wo einmal etwas war und auf einmal nichts mehr ist, muss die Leere gefüllt werden, und bei Menschen, die so belanglos sind wie ich, füllt sich die schale Leere wie von selbst. Doch womit sollte ich dem vorbeugen? Wie sollte ich das Loch, das mein Tod hinterlässt, vergrößern, erweitern? Und nicht nur das. Wie sollte ich es angehen, dass es mir selbst bedeutsam und schön erscheint? Ich kann nichts. Ich habe mein Antiquariat verkauft, bevor ich nach Wien ging. Ich bin kein Schriftsteller, kein Maler oder Musiker, ich bin nicht in der Lage, das zu tun, was George Eliot in ihrem Essay über den deutschen Realismus beschrieb: *Der größte Gewinn, den wir dem Künstler [...] verdanken, ist die Ausdehnung unserer Anteilnahme.* Wenn ich also selbst kein Künstler sein kann, der dem Menschen hilft, seine Anteilnahme auszudehnen, vielleicht gelänge mir das auf eine andere Weise, eine, die mich selbst zur Anteilnahme führen würde?

Ich liebe schöne junge Männer. Und noch mehr liebe ich sie, wenn sie zu verstehen geben, dass sie sich ihrer Schönheit bewusst sind und das Begehren, das sie in die Herzen der Menschen pflanzen, die ihnen begegnen, genießen wie Opfergaben direkt aus den Seelen, die mit bitterer Liebe erfüllt sind. Oder saurem Begehren, das nicht auf Erfüllung hoffen darf.

Ich muss gestehen, dass ich in meinem Leben nie einen schöneren jungen Mann sah, als Ihren Sohn Lucian. Und ich habe nie einen jungen Mann kennengelernt, der sich seiner Schönheit so sehr bewusst war wie er. Der so virtuos damit umgehen konnte. Wussten Sie, dass Lucian es liebte, der Wermutstropfen in den süßen Träumen anderer zu sein? Ich habe ihn beobachtet. Auserwählt habe ich ihn schon Monate, bevor ich nach Wien kam, um brennend in die gute Nacht zu gehen. Schon auf den Fotos im Internet war deutlich zu erkennen, wie selbstverliebt er war und welche charmante Arroganz diese Egozentrik in sein Herz gepflanzt hatte. Da wusste ich, dass er meine Chance war, nicht sanft in die gute Nacht zu gehen, sondern brüllend, tosend und flammend.

Erst in Wien reifte der Plan, die Tat nicht allein zu begehen und ein Werkzeug zu finden, das die Tat mit mir ausführte und daran zerbrechen würde. Daniel Sperling war schon zornentfacht, als ich ihm begegnete, und ich erkannte, dass es Lucian war, der ihn in Brand gesetzt hatte und am Brennen hielt – weil es ihm gefiel, den schönen blonden jungen Mann brennen zu sehen. Lucian musste gewusst haben, dass Daniel unglücklich und unsterblich in ihn verliebt war. Und dass ihn diese Liebe nicht glücklich machte, sondern vergiftete. Es war ein müheloses Unterfangen, Daniel an mich zu binden, in dem ich ihm die Väterlichkeit gab, nach der er sich sehnte. Indem ich ihm das Verstehen gab, nachdem er sich verzehrte. Und indem ich ihm für seine Schmerzen Poesie gab. Ich brauchte ihm nicht zu sagen, dass ich Lucian töten wollte. Er wandte sich an mich mit dem Wunsch, ihm zu helfen, es zu tun. Er wusste wohl, dass ich etwas Derartiges im Sinn hatte und dass ich mich ihm als Werkzeug seiner Befreiung aus den Ketten der bitteren Liebe anbot. Doch Daniel hatte bis zu dem Moment, als wir es taten, keine Vorstellung davon, wie blutig und elend der Tod ist. Ich genauso wenig. Doch ich wollte rasen und brennen. Lucians elendes, schmerzgetränktes Sterben war mein finaler Orgasmus. Daniel wollte nur Befreiung und inneren Frieden. Als Ihr Sohn zu Boden sank, vor Schmerzen wirr und schluchzend, die Hände auf den Bauch gepresst, um das Blut aufzuhalten, sah er zu mir hoch und stammelte: *Papa*? Warum, Papa?

Wäre ich nicht selbst dem nahen Tod anheimgestellt, hätte mir diese Szene vielleicht sogar das Herz gebrochen. Sein Gesicht tränenüberströmt, sein Leib glitschig vom Blut. Daniel wirkte, als ob man ihm einen Kübel mit Eiswasser über der Seele ausgeleert hätte. Er taumelte zurück und ließ das Messer fallen. Sah mich an, dann Lucian. Begriff wohl, was er getan hatte, dass das, woran er sich hier beteiligt hatte, ihm keinen Frieden verschaffen würde. Ein Schock, dass er soeben nicht nur den jungen Mann ermordet hatte, den er bitter liebte, sondern auch sein eigenes Leben unwiederbringlich zerstört hatte. Es wird mich für die letzten Tage meines eigenen Lebens zeichnen, doch es ist die Wahrheit. Als Daniel mit einem wehen Schrei zusammenbrach und Lucian mit letzter Kraft auf die Beine kam und zur Tür hinaus taumelte, ins Freie und über die Straße, zum großen Parkplatz auf der Wienzeile, hatte ich einen seelischen Orgasmus. Eine vollkommene Erschütterung, einen Blitz allerhellster Befriedigung. Ich ließ Daniel, wo er war, und ging Lucian nach, um zuzusehen, wie er auf der Straße verendete. Wollte seine Augen sehen, wenn er voller Schmerzen und Fragen in die gute Nacht geht.

Er nannte mich Papa, als er begriff, dass er sterben würde. Ich weiß nicht, was das in mir auslöste außer einen Moment irritierender Rührung.

Was, verehrter Botschaftssekretär, löst es in Ihnen aus, dass Ihr Sohn seinen Mörder im Moment der finalen Erkenntnis Vater nannte? Hier, in der hellen Gefängniszelle im Krankenhaustrakt, wo ich untergebracht bin, denke ich ernsthaft darüber nach. Wäre Lucian mein Sohn gewesen, würde ich daran zerbrechen.

Noch ein Gedanke hat sich in mir verhakt: Als Lucian starb, in seinem letzten wachen Moment habe ich etwas zu ihm gesagt, dass nur er hören konnte, was aber an Daniel gerichtet war. Ich weiß nicht, warum ich es sagte, und es traf mich selbst wie ein Donnerschlag. Doch das, was ich ihm zu flüsterte, soll unser Geheimnis bleiben.

Ich habe vielleicht noch ein Jahr. Diese Zeit werde ich in dem Gewissen verleben, brandhell zu gehen und nicht zornentfacht. Meinen Zorn schloss Lucian in sich ein, als er zum letzten Mal ausatmete. Und in dem Bewusstsein, dass dem Tod doch ein Reich bleibt. Ganz anders, als es Dylan Thomas in seinem größten Gedicht herbeizuwüten versuchte.

Es mag wie Zynismus erscheinen, doch ich bin Ihnen dankbar, dass, auch durch Sie, Lucian der werden konnte, dessen Tod mich brandhell in die Gute Nacht entlässt.

Ernest Rodmann

Notiz des Erzählers

Der Mann, der Ernest Rodmann verhaftete, war ich. Mein Name ist Richard Grier, und ich war vor fünfzehn Jahren der Polizist, der als Erster am Tatort ankam. An diesem Montagmorgen war ich allein auf Streife, weil sich mein Partner krank gemeldet hatte. Der Schichtleiter hatte keine Einwände, vor allem, weil er wusste, dass ich die Szene gut kannte, war ich doch selbst oft Gast in den Schwulenlokalen. Ich leitete in jenen Tagen die SchwuPo, die Schwule Polizei-Gruppe, wo sich homosexuelle Beamte der Wiener Polizei austauschen und Strategien entwerfen konnten.

Ich war zum Parkplatz gefahren, weil ich austreten musste, und auf dem Parkplatz gibt es am westlichen Ende eine mobile Toilette, die normalerweise von den Marktleuten benutzt wird, wenn am Samstag auf dem Parkplatz der Flohmarkt aufgebaut ist.

Ich adjustierte mich, lief zu der Menschenmenge und konnte gleich sehen, dass einer auf dem Boden lag und wirklich übel zugerichtet war. Ein bärtiger Mann kniete neben dem Verletzten und sah zu einem, der etwa fünf Meter weiter stand. Es sah nicht so aus, als ob der kniende Mann Erste Hilfe leistete oder überhaupt daran dachte zu helfen. Dann schrie der junge Kerl gotterbärmlich, und ich erreichte den Mann, der auf dem Boden kniete. Hörte, wie er raunte. Stirb jetzt. Ich verstand die Situation nicht ganz und gar, war mir aber sicher, dass er der Mörder des regungslosen Opfers war, also packte ich ihn am Nacken und zog ihn von der Leiche weg, denn ich war sicher, dass der junge Bursche, der da auf dem Boden lag, tot war. Er war entsetzlich zugerichtet, über und über mit Blut verklebt, der Bauch offen, und die Eingeweide schwammen im Blut auf dem Boden neben ihm. Ich nahm das Mikro von der linken Schulter und forderte Verstärkung an, klemmte es wieder auf die Schulterlasche und packte den Mann fester. Zwei andere junge Typen kamen dazu und packten den Blonden und schrien ihn an, Was hast du getan, du Irrer? Bist du wahnsinnig? Das ist Lucian! Du hast ihn geküsst, brüllten sie, als ob das alles erklären würde. Eine schwere Starre erfasste mich für ein paar Atemzüge. Alles war jetzt in Zeitlupe, alles war bitter und verdorben. Aber ich schwöre, in diesem Moment der Atemlosigkeit, kurz bevor ich zitternd Luft holte, sah ich einen kleinen Sperling, der hinter dem Kopf des Toten empor flatterte und im Zwielicht des Morgens golden leuchtete. Hinauf und höher, bis zwischen dem Licht und dem Sperling kein Unterschied mehr war.

Der Mann ließ sich anstandslos festnehmen, er versuchte weder zu fliehen noch seine Tat zu beschönigen oder seinen Anteil herunterzuspielen. Er gestand schon während der Fahrt zum Revier, dass er Lucian Ortiz mit Absicht und nach eingehender Planung ermordet hatte, weil er das wollte. Und das irdische Gericht, dass nichts von der Poesie wisse, wie man eben nicht gelassen in die gute Nacht ginge, könne ihn mal kreuzweise.

Daniel Contoso-Sperling wurde von Kollegen in ein Krankenhaus gebracht und psychologisch vom Kriseninterventionsteam betreut, bis man ihn zwei Tage später in die Krankenabteilung der Justizanstalt Josefstadt verlegte. Auch er war voll geständig, ohne dass man ihm zusetzen musste. Seine Geständigkeit änderte später in der Verhandlung die Anklage von Mord auf Totschlag. Die Tat war zu grausam und, wie beide Täter übereinstimmend zugaben, geplant, aber die Anklage ließ das Bedenken gelten, dass Daniel Contoso-Sperling zur Tat verleitet worden war. Grund waren einerseits Eifersucht und Hassliebe, die Daniel für Lucian Ortiz empfand und die sich Ernest Rodmann zunutze machte, und andererseits reine Lust am Mord selbst. Das Urteil lautete lebenslang für Ernest Rodmann und fünfzehn Jahre für Daniel, die Höchststrafe für Totschlag. Ernest Rodmann lachte, als er das Urteil annahm, und rief mit erschreckender Heiterkeit, Lebenslang, ihr macht mir vielleicht Spaß!

Die Ärzte hatten eine unheilbare Erkrankung bei Ernest Rodmann diagnostiziert, und er hatte wohl in der Gewissheit gehandelt, ihm bliebe bestenfalls noch ein Jahr. Die letzten drei oder vier Monate davon würde er wohl im Medikamentendämmer in einem Krankenbett verleben.

Der Tod von Lucian wurde von den meisten Medien unfair behandelt und über die Maßen sensationsheischend aufbereitet. Ein grauenhafter Mord in der Homoszene! Drogen, Sex und Prostitution! Der Sohn eines Botschaftssekretärs ermordet von seinem Geliebten und dessen väterlichem Freund. Polaroids der Leiche. Es war unappetitlich und bösartig. In der Literaturzeitschrift Wienzeile schrieb einer, dass die Journalisten der österreichischen Boulevardmedien in jenen Tagen kreischend durch die Redaktionsstuben rannten, in einer Hand brennende Manuskriptseiten, mit der anderen Hand wild ihre Schwänze wichsend. Das alles war zu schön, um wahr zu sein! Der Sohn des kubanischen Botschaftssekretär, ein drogensüchtiger Homostricher! Die Kommentare und Leserbriefe in den Zeitungen kamen aus einem Irrenhaus voll tobender, spuckender, kreischender Irrer.

Die Schwulenszene hielt nur kurz in ihrem verträumten Tanz mit sich selbst inne, zuckte kollektiv die Schultern und tanzte weiter.

Ein Jahr nach dem Verbrechen kündigte ich, nahm einen Job als privater Sicherheitsangestellter in einem spanischen Bankhaus auf Gran Canaria an und zog nach Playa del Ingles, wo ich mich auch als Schriftsteller versuchte – mit sehr mäßigen Erfolg, wie ich eingestehen muss.

Vor zwei Jahren erreichte mich eine Nachricht in Bezug auf den Mord an Lucian Ortiz, die in mir heftige Gefühle verursachte, die ich am besten mit bitterer Freude umschreiben möchte. Mein ehemaliger Kollege, der an jenem Tag im Krankenstand war und selbst schon seit nunmehr sieben Jahren im Ruhestand ist, berichtete mir, dass er gerade erfahren hatte, dass Ernest Rodmann vor einer Woche gestorben war. Von wegen nur noch ein Jahr zu leben! Rodmann blieb achtzehn Jahre im Gefängnis, schwer krank, aber bei gesundem Verstand, und unternahm mehrere verrückte Versuche, von anderen Gefangenen getötet zu werden. Man könnte schließen, dass der größte Betrüger in dieser Geschichte am Ende selbst der Betrogene war.

Mein Leben auf den Kanaren verlief unaufgeregt und kostengünstig, sodass ich genug Geld auf der Seite hatte, um mehr oder weniger spontan nach Wien zu fliegen, in einem Hotel einzuchecken und für unbestimmte Zeit zu bleiben. Es dauerte eine Weile, bis ich die Kontakte zu den Menschen hergestellt hatte, die ich einerseits aus meiner Zeit damals als Polizist und als Szenengeher kannte und die mir andererseits Auskunft darüber geben konnten, was sie vielleicht noch niemandem erzählt hatten. Zwanzig Jahre waren vergangen, und in dieser Zeit konnten Wunden heilen und Erinnerungen abkühlen. Marcel, den ich als Letzten traf, und zwar im Heurigen Friseur Müller in Neustift am Walde bei ein paar Gläsern Weinschorle, bat mich, dass, was er zu berichten hatte, in dritter Person zu schreiben. Es war vielleicht ein trunkener Einfall von ihm, aber ich fand ihn gut und folgte seinem Ansinnen. Aus ihm war ein gedrungener, muskelbepackter Mann geworden.

Er ist verheiratet und hat drei Kinder im Alter von sieben bis vierzehn Jahren. Seine am Herzen fressende Leidenschaft für Lucian ließ ihn bitter lächeln – und auch ein wenig traurig. Ich fragte ihn, warum er bei diesen Erinnerungen so traurig lächelte, und er antwortete mir, dass es wohl deshalb sei, weil er sich an eine Zeit erinnerte, als sein Herz in Flammen stand. Für den Falschen vielleicht. Aber es brannte. Und erinnern wir uns nicht alle mit Wehmut und Nostalgie an die Tage, als unsere jungen Herzen Feuer fingen und wir dachten, es wäre für immer? Ein Leben mit brennenden Herzen, ein Leben für lange Küsse, aufregende Gespräche und mitternächtliches Schwimmen im See des Sommers, der ewig ist. Als er das sagte, dachte ich, Um Poesie zu hören, musst du nur einem Menschen zuhören, der mit Leidenschaft von dem spricht, was ihn erfüllt.

Das Leben der flammenden Herzen, für intensive Küsse, aufregende Gespräche und Schwimmen um Mitternacht im ewigen See des Sommers.

Das wäre ein guter Moment, um die Geschichte zu beenden, aber ...

Aber damit will ich nicht schließen. Ich muss es noch einmal sagen, selbst wenn man es für bedeutungslos oder gar kitschig halten mag.

Als ich damals den Tatort erreichte und Rodmann von Lucian Ortiz wegriss, weil ich das Gefühl hatte, seine Anwesenheit, sein Wünschen und Wollen seien eine widerliche Schändung des Sterbenden, sah ich einen Sperling. Ich sehe ihn noch immer, wie er hinter Lucians Hand hervorgeflogen kam, sich in die Luft schwang und für einen Moment rot und golden leuchtete. Vielleicht ist es dumm, Trost zu finden in der Erinnerung an einen Sperling, der ins Morgenlicht fliegt. Doch für mich ist dieser Sperling Lucian Ortiz, der am Ende des Lebens und im ersten Schimmer des Morgens leise in die gute Nacht geht.

Nachwort

Wer sich in Wien auskennt, wird schnell bemerkt haben, dass ich mir einige schriftstellerische Freiheiten genommen habe, als ich den Roman verfasste.

Zum Beispiel gibt es die Himmel und Wasser Lounge auf der Wiener Donauinsel nahe der Steinspornbrücke erst seit dem Frühjahr 2015. Im Sommer 2002 gab es dort nichts außer dem Bootshaus des Wiener Ruderverbandes.

Das Red Carpet, hinter dessen Wagen Lucian auf der Parade geht und tanzt, gibt es erst seit 2009. Es war erstmals 2010 auf der Parade und 2012 dann mit einem eigenen Wagen. Hätte es das Red Carpet schon 2002 gegeben, wäre Lucian vermutlich dort zur Legende geworden.

Alfis Goldenen Spiegel gibt es nicht mehr, dieses ehrwürdige, tuntenbarocke Restaurant röchelte nach dem Tod seines Gründers Alfons bis ca. 2014 vor sich hin, war dann eine Weile geschlossen, und ein neues Team versuchte, der Institution neues Leben einzuhauchen, in dem es ein »trendiges« Lokal daraus machte, dem alles Schummrige fehlte. Investoren und Anbieter fühlten sich durch die pastellfarbene Helligkeit vertrieben, und das versetzte dem Lokal den Todesstoß. Jetzt befindet sich darin ein Fachgeschäft für E-Zigaretten. Lucian würde sagen, dass da wenigstens noch geblasen würde.

Peter Nathschläger

BIOGRAPHISCHES

PETER NATHSCHLÄGER

Peter Nathschläger

ist 1965 in Wien geboren, als Kind in Biedermannsdorf aufgewachsen und 1983 wieder in die Landeshauptstadt gezogen. Er arbeitete dort als Bühnentechniker an zahlreichen Bühnen, darunter in der Staatsoper, dem Volkstheater und der Volksoper. Heute ist er als IT-Prozess-Manager tätig und lebt in einer eingetragenen Partnerschaft in Wien-Ottakring.

Schon als jugendlicher entwickelte er eine Vorliebe für die Poesie der Dämmerung und des Verfalls, und in seinen späteren Werken thematisiert der Autor die Schicksale von Menschen, die am Wendepunkt ihres Lebens stehen. Immer wieder greift er homoerotische Inhalte auf, schreibt Romane, Kurzgeschichten und fantastische Geschichten und hat bereits zahlreiche Veröffentlichungen vorzuweisen.

»Ich kritzle kleine schwarze Notizbücher voll, trinke gerne Mojitos, rauche selten, aber wenn doch, dann fette Zigarren ...«, erzählt der Autor und reist so oft es geht ans Meer oder in die Berge, »dorthin, wo das Leben wild ist und wir von dem überwältigt werden, was wir sehen und erleben.«

Sein Roman *Der Sturmgondoliere* erschien 2016 beim Größenwahn Verlag.

www.nathschlaeger.com

Aus dem Verlagsprogramm

Peter Nathschläger
Der Sturmgondoliere
Roman
ISBN: 978-3-95771-085-7
eISBN: 978-3-95771-086-4

Paolo Meduccini war kein gewöhnlicher Junge. Er sauste mit seinem scheppernden Fahrrad schneller als alle anderen Kinder aus Montaione die toskanischen Hügel hinab, war der Mittelpunkt seiner Clique, träumte fliegen zu können wie ein Flugzeug, roch nach Karamellbonbons und Heu – und immer wieder umhüllte ihn eine seltsame, betrübliche Leere. An einem heißen Sommertag verliebte sich Julia in diesen Jungen, genau an dem Tag, an dem auch der fremde Lucian in Paolos Leben trat. Eine Begegnung mit verheerenden Folgen. Der Sommer 1979 in der Toskana sollte der heißeste seit Beginn der Wetteraufzeichnungen werden. Ein Sommer, angefüllt mit Träumen, Ölbildern, Geheimnissen, Lügen und der Legende vom Sturmgondoliere, der mit Blitz und Donner gesegelt kommt und die Menschen das Fürchten lehrt.

Peter Nathschläger liefert eine zutiefst menschliche Geschichte über die Sünden der Eltern, verlorene Chancen und die Suche nach Erlösung.

Mohammed Leftah
*Der letzte Kampf
des Kapitän Ni'mat*
Roman
aus dem Französischen von
Laura-Victoria Skipis
ISBN: 978-3-95771-188-5
eISBN: 978-3-95771-189-2

Ni'mat hatte schon immer fortschrittliche Ansichten: Er studierte Literatur, wechselte jedoch die die Bücher durch Waffen aus. Biem Sechstagekrieg von 1967 verlor er nicht nur seine Lebensziele, sondern auch seine Träume. Er schied aus dem Militärdienst aus, heiratete und verbrachte scheinbar glückliche Ehejahre in Kairos Nobelviertel Maadi. Dreißig Jahre danach wird Ni'mat immer noch von einem Gefühl der Machtlosigkeit übermannt.

Und dann passiert das Unmögliche. An einem besonders heißen Augusttag im exklusiven Schwimmclub konstatiert Ni'mat eine nie zuvor dagewesene innere Regung. Eine Regung über die jungen Körper, die von nun an seine Gedanken dominieren wird. Ein innerer Kampf beginnt, der Ni'mats letzter Kampf werden soll.

Der populärere französisch-marokkanische Schriftsteller Mohamet Leftah, der 2008 in Kairo verstarb, war ein revolutionärer, arabischer Autor und Journalist. Sein Roman darf bis heute in Marokko nicht erscheinen. Denn der Inhalt ist ein Plädoyer für das Recht auf Freiheit, für das Recht auf Meinungsfreiheit, für das Recht auf Liebe

Heny Ruttkay
Somerset Maughaums Traum
Roman
ISBN: 978-3-95771-180-9
eISBN: 978-3-95771-181-6

Anfang der 1960er Jahre an der Côte d'Azur. Der Schriftsteller und frühere Geheimdienstagent William Somerset Maugham schreibt an seiner Autobiografie »Looking Back« und wird von Erinnerungen an seinen verstorbenen Bruder Henry geplagt. Um Henry, den »Versager und homosexuellen Selbstmörder«, zu rehabilitieren und posthum zu Ruhm zu verhelfen, engagiert er Madame Dewaere. Die Privat-detektivin soll nachweisen, dass der Selbstmord Henry Maughams in Wirklichkeit ein Mord war. Eine Spurensuche durch Europa beginnt, in einer Zeit, in der die Partys noch Stil hatten und der Kalte Krieg jederzeit heiß werden konnte.

Heny Ruttkay ist 1961 in Bratislava geboren und im Alter von elf Jahren nach Deutschland gezogen. Hauptfigur in ihrem Kriminalroman ist der größte englische Schriftsteller des 20. Jahrhunderts. Im Mittelpunkt steht die Akzeptanz von Schwulen, die selbst in so modernen Gesellschaften wie England oder Frankreich schwer zu leiden hatten. Heute lebt Heny Ruttkay in Paris und ist als Autorin und Übersetzerin tätig.

Thomas Pregel
Angriff der Maismenschen
Dystopische Novelle
ISBN: 978-3-95771-208-0
eISBN: 978-3-95771-209-7

In naher Zukunft: Eine Firma produziert genmanipulierten Mais, der besonders ertragreich und widerstandsfähig sein soll. Die Testfelder bei Schönböken in Holstein versprechen gute Ergebnisse, wären da in letzter Zeit nicht diese ungewöhnlichen Berichte von sexuellen Übergriffen und Vergewaltigungen. Die Firma ist alarmiert und schickt zwei Geningenieure nach Norddeutschland, um die Ereignisse zu untersuchen. Lukas Himmelmann und Hans Solheim finden die Testfelder in voller Blüte vor, obwohl die Maisblüte längst vorbei sein sollte. Und das ist nicht die einzige merkwürdige Aktivität, die sie entdecken. Frauen verschwinden und Männer beginnen sich zu verändern – besonders hinsichtlich ihrer sexuellen Interessen. Dies soll den zwei glücklich verheirateten Familienvätern mittleren Alters zum Verhängnis werden.

Thomas Pregels atemberaubende Novelle um die Frage ›Wie tief darf der Mensch in den Gencode von Lebensmitteln eingreifen?‹, ist ein dystopisches Szenario mit drastischen Bildern die unter die Haut gehen. Dabei nutzt er die Angst der Männer vor dem Verlust von Macht und Männlichkeit als Katalysator für die Positionierung der Geschlechter.

GRÖSSEN
WAHN
VERLAG

www.groessenwahn-verlag.de